最弱無能が玉座へ至る

Tales of Taking the Throne Who the Weakest and Incompetent Student

―人間社会の落ちこぼれ、亜人の眷属になって成り上がる―

「――《黄雷宮殿》」
雷の宮殿が顕現する。
「空は封じた。
地に落ちてもらう――」
ライガット＝バアル
悪魔学校序列一位にして、
次の魔王に一番近いと言われる悪魔。
雷を生み出す能力《雷霆》の使い手。
第四章　弱さを砕く

俺の額に、エレミーの
柔らかい唇が触れた。
「今のは、
ただのおまじないです」
エレミーが、頬を赤く染めながら言う。

最弱無能が玉座へ至る3

～人間社会の落ちこぼれ、
亜人の眷属になって成り上がる～

坂石遊作

HJ文庫
947

口絵・本文イラスト　刀彼方

3

Tales of Taking the Throne
Who the Weakest and Incompetent Student

CONTENTS

プロローグ

不思議な夢だった。

身体が自由に動かない。しかし気分は悪くなく、寧ろ穏やかで、ふわふわと宙に浮いているような感覚だった。

森の中。馬車に揺られながら、俺たちはどこかに帰ろうとしていた。

しかし、その途中――何かがあった。

『――ケイル！』

『ケイル君！』

二人の少女が俺の名を呼ぶ。

背中に黒い羽を生やした少女と、頭に獣耳を生やした少女だった。

どうして彼女たちがそんなに焦っているのか、俺には全く分からない。

ただ何故か、とても懐かしい気持ちになった。

それは俺にとって、大切な――。

「……イル様」

耳元で誰かの呼ぶ声がする。

温かい。心地いい。眠気に抗えず、俺は開こうとした瞼を再び閉じた。

「……ル様……ケイル様っ！」

「うおっ」

ばさり、と布団を捲られる。

同時に窓から差し込んだ陽光が目元を照らした。眩しさのあまり驚きの声を漏らす。

仕方なく上半身を起こすと、ベッドの脇にはメイド服の小柄な少女が佇んでいた。

ツーサイドアップに纏められた少女の黒髪がふわりと風になびき、背丈に相応しくない豊かな胸部が静かに揺れる。その側頭部からは、二本の黒い角が生えていた。

「……まだ、眠い」

「寝ちゃ駄目ですよ～。まったく、こーんなに可愛いメイドさんに起こされているんですから、普通だったら泣きながら感謝するとこなんですけどね～」

「朝から面倒臭いギャグだな……」

頭が重たくなった気がした。

「まあ、それはともかく。これ以上のんびりしていると本当に遅刻してしまいますよ」

「遅刻……？」

今日は何か予定を入れていたっけか。

そんな風に考え、すぐに辿り着いた。

「ああ、そうか。今日は……」

「ほらほら、早く着替えてください。着替えないなら私が脱がしますよ～？」

手際よく俺の着替えを用意したメイドが、ニヤリと嫌な笑みを浮かべていた。

ベッドから下りた俺はすぐに着替えを済まし、食堂の方へ向かう。

キッチンの方からいい香りがした。

既に朝食ができているらしい。キッチンから聞こえるメイドの鼻歌に耳を傾けながら、椅子に座る。

朝は起こされ、食事を用意され、いつの間にか家は掃除され、そして気がつけばスケジュールの管理までされている。このままでは堕落してしまうと危機感を抱く一方で、とても居心地が良いと感じる自分もいた。

このような、いたれりつくせりな生活を始めて半月が経過した。

いや――本当はもっと前から、俺たちはこんな生き方をしていたのかもしれない。

「エレミー、いつもありがとう」

この家で働くメイドの少女、エレミーに俺は感謝を伝えた。

「ど、どうしたんですか、急に？」

「いや……なんとなく、言いたかったから」

「べ、べつにおだてたって、何も出ませんよ！　はい朝食ですっ！」

いつも以上に豪華な朝食が、目の前に配膳される。

今日は俺にとってもエレミーにとっても節目となる一日だ。そのため、気合が入ったのかもしれない。

朝食を全て平らげ、荷物を持った俺は、エレミーと共に家を出た。

「さあ、それでは参りましょうか！」

赤黒い空に禍々しい太陽が浮かぶ。

エレミーはまだ眠そうな俺の隣で、元気よく声を発した。

「――悪魔学校の入学式へ!!」

第一章　悪魔学校

どうやら俺は記憶を失ってしまったらしい。

その事実を飲み込むまで、半月ほどの時を要した。

悪魔族には幾つかの貴族と呼ばれる血統がある。

その中のひとつであるヴィネ一族の四男として生まれた俺は、家の跡取りを長男もしくは次男に任せ、のんびりと諸国を漫遊する日々を送っていた。

ところが一年前、ヴィネ一族の本邸に住んでいた者たちがまとめて失踪したという連絡を受ける。

詳細は分からないが、どうやら俺の知らないところで一族は財政破綻に陥っていたようで、いわゆる夜逃げを決行したらしい。

既に家との関係を殆ど断絶していた俺だが、諸々の手続きで一度、本邸が置かれている場所――魔界へと足を運ばなくてはならなかった。

しかし、その途中で不運にも事故に遭い、頭に怪我を負って気絶してしまう。

魔界に帰って治療を受けた俺は、一命を取り留めることこそできたが……代わりに記憶を失ってしまった。

「ケイル様！　ご無事でしたか！」

治療室で目を覚ました俺が最初に出会った相手は、エレミーだった。

どうやら彼女は昔からヴィネ一族に仕えているメイドらしく、今までも俺と一緒に過ごしていたらしい。

俺の記憶喪失が発覚すると、エレミーは今までのことを丁寧に説明してくれた。

俺がヴィネ一族の四男であることも、一族が失踪したことも、全てエレミーから教えてもらったことだ。

「俺が……悪魔の、貴族？」

「はい。その証は、ご自身の頭に」

自分が悪魔の貴族だと聞いた時、俺は最初、何かの冗談かと思った。

だがエレミーの言う通り、頭に手を伸ばすと――硬いザラザラとした感触が返ってきた。

「……角」

「そうです。その青い角こそ、貴方がヴィネ一族である証です」

そう言ってエレミーは手鏡を俺に渡した。

鏡に映る俺の頭からは、二本の角が生えていた。その角は逞しく、上に向かって曲がっており、そして濃い青色に染まっている。

本能が訴えていた。

俺は悪魔だ。――高潔な悪魔の血を引いているのだ。

「本来なら、ケイル様には失踪したご家族の借金がなすりつけられるところでしたが……ある悪魔の温情によって、それは回避できました。金目のものは殆ど残っていませんが、魔界にある屋敷などの一部資産は、そのままケイル様のものになります。それと同時に……ケイル様はヴィネ一族の、正当な跡取りになりました」

「俺が……ヴィネ一族の、跡取りに？」

「はい」

エレミーは深く首を縦に振った。

「ケイル様。ヴィネ一族を継ぐことができる悪魔は、今や貴方だけです」

全ての過去を説明したエレミーは、俺にそう告げる。

「どうか、一族の跡取りとして……誇り高く生きてください」

「……ああ」

斯くして、ヴィネ一族の正当な跡取りとなった俺は、悪魔たちが住む領地——魔界で過ごすことになった。

そして、半月後。

俺は悪魔たちが通う学校——悪魔学校の門を叩いた。

「ケイル様、どうかしましたか？」

半月前のことを思い出していた俺の顔を、エレミーが下から覗き見た。

いつまでも記憶喪失を引きずっていることを知られたくなくて、俺は咄嗟に周りを見回し、他の話題を探す。

「……いや。随分と、新入生が多いと思ってな」

「魔界にある唯一の学校ですからね」

この世界にはあらゆる種族が存在し、それぞれが独立した領地を所有している。

人間は他種族に対しても寛容であるため、その領地も複数の種族が自由に暮らせる場合が多い。一方、亜人の場合はその身体的特徴から他種族の生活様式と相容れないことも多く、自分たちの種族のみが暮らせる領地を持つことが多い。これを亜人領と呼ぶ。

一般的に、亜人領は複数ある。たとえば吸血鬼領は全部で五つあるし、獣人領はもっと多かった筈だ。

だが、天使と悪魔だけは亜人領をひとつしか持たない。代わりに、その領地がとてつもなく広いのだ。

天使領は、天界。

悪魔領は――魔界と呼ばれている。

魔界とは、この世界に唯一存在する悪魔だけの領地だ。

その規模は小さな国と言っても過言ではなく、そして広さに見合うほどの多くの悪魔が暮らしていた。

「悪魔学校か……本来なら俺が通うことはなかったんだよな？」

「そうですね～。悪魔学校はただの学校ではなく……魔王になるための、資格を得られる場所ですから」

神妙な面持ちでエレミーは言った。

「悪魔たちの王――魔王になるには、悪魔学校を首席で卒業しなければなりません。これは伝統と実力、双方の面から重視されている条件となります。そして王の退位が決定すると、条件を満たした悪魔の中から、国民の投票で次の魔王が選ばれるわけですね～」

「……なんか、思ったより民主的だよな」

「はい。まあ、どうせ一番〝格〟が高い悪魔に票が集まりますから、最初から結果は見えているんですけどね～。……魔王に選ばれなかった悪魔も、学校を首席で卒業した時点で間違いなく優秀ですから、大体重要なポストに就きます」

エレミーが笑って言う。

「話を戻しますが……どの一族にとっても、自分たちの中から魔王が現れることは誇り高いことです。そのため、通常は一族の中でも、特に優れた才能を持つ悪魔だけが、この学校に通います」

「……その説明だと、俺には才能がなかったということになるな」

「その方が面白かったんですが、うちの場合はちょっと違いますね～」

何が面白いんだよ、と複雑な顔をする俺にエレミーは説明する。

「メイドの私が言うのは烏滸がましいことですが……ヴィネ一族は、元から財政難に陥りつつありましたから、ケイル様が悪魔学校に通わなかったのは単にお金の都合なんです」

「あぁ……そう言えば、そんな話だったたな」

記憶がないため実感は未だにないが、ヴィネ一族とは随分と不憫な血統である。貴族であるにも拘わらず財政難に陥った結果、魔界から夜逃げして、所在がはっきりしていた俺も魔界に来る途中で事故に遭って記憶を失ってしまった。

そんな俺がヴィネ一族の肩書きを背負って学校に通えることになったのは、偏に温情によるものだ。

当初は俺が一族の借金を背負うことになっていたが、俺と一族が実質的な断絶関係であったことを知り、そこに待ったをかけた悪魔が現れたのだ。流石に何も知らない四男に全ての責任をなすりつけるのは妙な話だろうと指摘したその悪魔は、借金の大半を肩代わりし、更に俺を一族の正当な跡取りにするよう手続きを済ませてくれた。

おかげで俺は、この悪魔に頭が上がらない。

一族が使用していた屋敷もそのまま残してもらったし、屋敷の調度品を売ることで悪魔学校の学費を手に入れることもできた。崖っぷちかと思いきや、寧ろ諸国を漫遊していた時よりもいい生活ができている。記憶がないため比較はできないが。

「とにかく！　ケイル様に才能がなかったわけではありません！」

そう言われると悪い気はしない。

しかし自信がないことに変わりはなかった。

「というか、この崩壊寸前のヴィネ一族を救うためには、もうケイル様に頑張ってもらうしかないんですよ～。ですからケイル様、どうか魔王になってくださいね！」

「いや……それは流石に無茶だろ」

「無茶ではありません！　私、ケイル様ならできると信じています！」

キラキラと目を輝かせるエレミー。

「目指せ魔王！　全ては私の食い扶持を守るためにっ‼」

「それが本音か」

思わず顔が引きつった。

◆

赤く、禍々しい空を仰ぎ見る。

魔界の空は磁場などの影響で青色ではない。太陽の光も鈍く、朝日を直視することができる。

——魔王、か。

未だに実感は湧かないが、俺はヴィネ一族の跡取りだ。

一族を救うためにも、魔王になれるなら……勿論、なりたいと思う。

「おっ、モチベーション高くなってますねぇ～。その調子ですよ、ケイル様」

「なんで分かるんだよ……」

「ぬっふっふ、これでも長い間、ケイル様に仕えていたメイドですからねぇ～。……大丈夫ですよ、ケイル様なら魔王になれますからっ！」

　からかうような笑みを浮かべて言うエレミー。

　しかし俺は、その言葉を聞いてチクリと胸に痛みを感じた。エレミーは今までもずっと、俺の身の回りの世話をしてくれていたらしい。けれど俺の頭にその記憶は残っていない。自分が酷く不誠実に思えた。

「エレミー。魔王になるための条件は、悪魔学校を首席で卒業することなんだよな？」

「はい！」

「どうやったら悪魔学校で首席になれるんだ？」

「それは、序列一位になることです！」

　エレミーは説明する。

「悪魔学校には、生徒の強さを表すための指標として序列という制度があります。序列一位とは即ち、学内最強の称号です。そして、序列一位の状態で卒業できれば、首席卒業とみなされます」

　首席卒業という条件は思ったよりもシンプルな仕組みらしい。

　しかし、純粋な強さを競い合うといった学校の制度は、いかにも悪魔族らしいと思った。

悪魔たちにはそれぞれ強い個性と能力がある。それらを束ねる存在である魔王には、相応の強さが求められるのだろう。

「なお、序列は序列戦によって変動します。序列戦とは一対一の決闘……早い話が、序列を懸けたタイマンです。序列が上の方は、下の方からの挑戦および提示された条件を拒むことができないというルールがあります。日時だけは要相談となりますが」

「……つまり、自分より上の序列を持っている悪魔に序列戦を申し込み続ければいいわけか」

「その通りでございます！」

エレミーが頷く。

「でも、卒業しなくちゃいけないってことは、最低でも三年は待たなくちゃいけないんだよな」

「そうですね。ただ、序列に学年は関係ありませんから、早いうちに上の序列を所有した方がいいと思いますよ。……どうせ魔王になるような悪魔は、他の追随を許さない圧倒的な実力を持っています。現在の魔王も、二年生の一学期で序列一位になり、それから一度も序列を奪われることなく卒業したみたいです」

「ということは……およそ二年間も序列を守り通したのか」

「他人事じゃないですよ～？　これからケイル様にも、そうしてもらわないと困るんですからねっ！」

感心する俺に、エレミーは忠告する。

「というわけで――この不肖エレミー、ケイル様が魔王になるために、全力でサポートさせていただきますっ!!」

どうやらエレミーは本気で俺を魔王にしたいらしい。

気持ちは嬉しいが、話を聞く限りどうしても及び腰になってしまう。ただでさえ記憶を失っているせいで魔界の常識に疎いのだ。エレミーがいなかったら、俺は今頃右も左も分からず路頭に迷っていただろう。

「入学式は、こちらの校庭で行われるようですね」

エレミーと一緒に校庭まで向かう。

校庭に行くと、新入生である悪魔たちが大勢いた。

談笑する彼らの姿を一瞥する。悪魔は他の種族と違って、見た目に多様性がある。角が生えている悪魔もいれば、羽や尾が生えている悪魔もいるし、目が三つ以上ある悪魔や、腕が四つもある悪魔もいた。

「見た目も色々だが……年齢も、色々だな」

「悪魔学校には年齢制限がありませんからね。各々、好きな時期に学校へ通っているんですよ。……まーそれは私たちも似たようなものですね」

その通り。俺とエレミーも本来なら学校とは無縁の日々を送る筈だったが、必要が生じたため今日から通うことになったのだ。

学校には俺だけでなくエレミーも通う。本人曰く「ケイル様だけだと何かと不安ですからね～」とのことだ。言い方が癪だったので認めたくはなかったが、正直、ありがたい。

一人だと心細かっただろう。

『ただ今より、第62回悪魔学校入学式を行います』

壇上に立つ教師が、入学式の開始を告げた。

学校長、教頭の挨拶が行われ、生徒たちは無言でそれらを聞いていた。

『続いて、在校生挨拶』

その一言と共に、壇上に男が現れる。

次の瞬間、校庭に黄色い歓声が響いた。

端整な顔立ちをした悪魔だった。獅子の如き金髪に、品がある銀色の角が特徴的だ。確かにあの見た目なら多くの女性を虜にできるだろう。しかし、耳を澄ませば女性だけでなく男性も雄叫びのようなものを上げていることに気づく。

「あれは……？」

「……あの方についても、忘れていらっしゃるんですね」

顔を出すだけで多くの新入生を興奮させたあの悪魔について、俺はエレミーに訊いた。

「あの方は、現在の序列一位であるライガット＝バアル様です」

序列一位。

つまり、あの男こそが現時点で学内最強の悪魔らしい。

戦慄する俺の隣で、エレミーは続けて言った。

「ライガット様は――王の素質を持つと言われています」

神妙な面持ちで、エレミーが告げた。

「王の素質……？」

「ライガット様は、ケイル様と同じように悪魔の貴族であるバアル一族のご子息です。……ライガット様の実力は幼い頃から抜きん出ており、悪魔学校に入学する前から次期魔王と名高い御方でした」

「そんなに、凄い人なのか……」

「ええ。将来魔王となる悪魔は、大抵、若い頃から圧倒的な才能を発揮していますが、それにしてもライガット様は異例の早さで頭角を現しました。ですから序列一位は勿論、次期魔王の名が揺らいだことも一度もありません。……恐らく、悪魔の中でライガット様を知らない者はいないでしょう。例外は記憶を失ったケイル様くらいですかね」

成る程、それほどの悪魔ならこの熱狂の渦にも納得する。

魔王を尊敬する者にとってライガットは期待の星であり、そして魔王を目指す者にとってライガットは最大の好敵手となるわけだ。新入生が興奮するのも無理はない。俺も記憶があったら熱狂していただろう。

「三年生のライガットだ。新入生諸君、まずは入学おめでとう」

ライガットの声が校庭に響く。

「知っての通り、悪魔学校には序列という制度が存在する。現在、私はその一位を所持しているが、いつ奪われるか分からないため常に緊張している」

どこかで「嘘ばっかり」という呟きが聞こえた。

クスクスと小さな笑みが聞こえる。新入生は誰もその言葉を信じていなかった。

「だが、この緊張感は間違いなく我々の能力を成長させるだろう。……昨今は天界との外交摩擦も落ち着いている。今だからこそ、自己の研鑽に集中するべきだ。どうか新入生諸君には、高い意識を持って学生生活に臨んでもらいたい」

あちこちから拍手が聞こえた。

次期魔王と名高い悪魔らしいが、あまり傲慢な態度は取らず、どちらかと言えば謙虚に見えた。しかし貫禄はある。そういう振る舞いも評価されているのだろう。

「では最後に——僭越ながら、訓示を披露させてもらう」

ライガットの言葉に、俺は首を傾げた。

「今のが訓示じゃないのか？」

「あ〜……まあ、これから行われるのは、毎年恒例のイベントみたいなものですね〜。……通過儀礼とも言いますけど」

エレミーの話を聞きながら、ライガットの様子を眺めていると……その頭上に小さな雷が現れた。

雷は徐々に大きくなり、バチバチと帯電する音もやがて耳を劈く轟音と化す。

「——《黄雷宮殿》」

ライガットがそう唱えた直後、雷が学校全体を覆った。

左右には雷の柱が屹立し、頭上には空を隔てる雷の屋根が現れる。まるで学校が巨大な雷の宮殿に飲み込まれたかのような光景だった。

「ようこそ、悪魔学校へ」

辺り一帯の空間を雷によって難なく支配してみせたライガットは、爽やかな笑みと共にそう告げた。

雷が消え、静寂が生まれる。

ライガットの圧倒的な実力を目の当たりにして、俺を含めた新入生の全員が声を失っていた。

「《雷霆》のバアル……あれが、バアル一族の能力です」

エレミーが小声で言う。

「毎年、悪魔学校の入学式では、在校生代表がああやって自分の能力を披露するんですよ。それを見て、新入生はやる気を漲らせる……というのが本来の狙いですけれど……」

辺りにいる新入生たちの様子を見ながら、エレミーは続けた。

「在校生代表って、大体序列一位の方が選ばれますから……まー大抵の方は凹んじゃうんですよねー」

「……それで、通過儀礼か」

どうやら悪魔学校では、このイベントを訓示もしくは通過儀礼と呼んでいるようだ。

少し前までは瞳に野心を燃やしていた新入生たちも、今の光景を見て一瞬で心が折れてしまったらしい。きっとあの悪魔たちは三年間の学生生活を大人しく過ごすことになるだろう。

「でも、ケイル様はへっちゃらみたいですね～。いや～、これは才能あるのでは～？」

「……煽てるな。まだ頭が追いついていないだけで、十分凹んでいる」

あんな光景を見ておいて、それでも魔王を目指すなんて宣う奴は命知らずの馬鹿に違いない。

ライガットが壇上から下り、入学式は終了した。

訓示を披露された直後はお通夜のような空気となっていたが、少しずつ生徒たちも気力を回復し、またあちこちで雑談の声が聞こえ始める。

「あ、ケイル様！　それを貰っておいてください！」

校庭から出ようとすると、隣でエレミーがどこかを指差しながら告げた。

見れば校門の傍で、係員が新入生に書類のようなものを手渡している。エレミーの言葉に従い、俺はその書類を受け取った。

「なんだこれ？」

「序列戦の申込書ですよ。これを戦いたい相手に渡せば、序列戦を行えるんです」

説明を受けながらパラパラと書類を捲る。

その内容は丁寧な果たし状のようなものだった。挑戦者記入欄と応戦者記入欄の二つがあり、まずは前者に自分の情報を記入した上で、この書類を対戦相手に送ればいいらしい。

すると、対戦相手が応戦者記入欄に記入を済まして、書類を学校に提出してくれるようだ。

これで序列戦の受付は完了となる。

「では早速、序列戦を申し込みましょう！」

「え？　もうか？」

「早いに越したことはありませんよ。ほら、あちらでも色んな方が申込書に記入していますし、ケイル様も気軽に挑戦してみましょう！」

「……ま、まあ、挑戦するくらいなら別にいいか」

なんだか乗せられている気もするが。

エレミーの言う通り、既に序列戦を申し込もうとしている新入生も多数いるので、そこまで躊躇する必要はないのかもしれない。

悪魔学校の全校生徒は千人を有に超える。そのため地道に序列を上げようとすると、結構な数の戦いをこなす必要がある。いちいち挑戦する度に恐れていれば、単純に時間が足りなくなるだろう。

「でも、誰に挑戦すればいいんだ？」

「私にお任せください！　手頃な相手に申し込んでおきます！」

エレミーに申込書を渡すと、彼女は「ちょちょいのちょーい」と口で言いながら宛先を記入する。

「完成です！　あとはこれを、学校内のあちこちに設置されているポストに入れれば……」

妙に手慣れた様子でエレミーは申込書の記入を終え、すぐ傍にあったポストに書類を投函した。

「――はい！　これで序列戦の申し込みが完了しました！　あとは対戦相手が日時や場所を指定するのを待てばいいだけですね！」

エレミーが明るい笑みを浮かべて言う。

「対戦相手の名前はフランキス＝パイモンと書いていたな。この相手は序列何位なんだ？」

手頃な相手と言っていたし、俺にとっては初戦でもある。

序列八百位とか、そのくらいだろうか。

「五位です！」

「……は？」

「フランキス＝パイモン様は、序列五位の方です！」

は？

◆

【序列戦 スケジュール】
・序列5位決定戦
　日時：8月21日 12時30分
　場所：第3演習場
挑戦者：ケイル＝ヴィネ（序列1127位）
応戦者：フランキス＝パイモン（序列5位）

「……おい」

入学式の翌日。

校舎前の掲示板に貼り出されたその情報を見て、俺は震える声を出した。

「おい！　エレミー!!」

「はい！　貴方のウザカワメイドこと、エレミーちゃんですっ！」

ぺろりと舌を出しながら、弾ける笑みを浮かべるメイドのエレミーへ、俺は怒りをぶちまけた。

「どうすんだよ！　申請通っちゃったじゃねーか!!」

「そりゃそうですよ。基本的に下の序列からの挑戦は断れませんからね。当日は相手の胸を借りるつもりで挑みましょう！」

「挑みましょう、じゃねーよ!!」

手頃な相手に挑むと聞いたから、対戦相手の選別を任せたのだ。

それが蓋を開ければ――対戦相手は序列五位。魔界に存在する唯一の学校で、五番目に強い悪魔である。

「おい、あいつがケイル＝ヴィネか……」

「入学早々、五位に挑戦するとか……頭イカれてんじゃねぇか？」

「ていうかこれで負けたらめっちゃダサいよな……」

散々な言われようだった。

しかし仕方ない。立場が逆なら俺もそう思っている。

「……居たたまれない気持ちになってきた」

「いやいや〜、よく聞いてくださいよ〜」

落ち込む俺に対し、エレミーが言う。

何を言っているのか分からなかったが、言われた通りに耳を澄ましてみると、

「でも、この挑戦者……ヴィネ一族だぞ」

「それってあれだよな。《狂飆》の……」

「いやでも、ヴィネ一族って夜逃げしたんだろ？　ってことは、やっぱりそんなに強くないんじゃ……」

どうやら誰も彼もが俺のことを馬鹿にしているわけではないらしい。

俺が優勢だと思っている生徒はいないようだが、一矢報いる程度なら有り得ると考える生徒はいるようだ。

「曲がりなりにも、ケイル様はヴィネ一族の血を継いでいますからね〜。もしかしたら下剋上もありえるか……？　って思う生徒も多いんですよ」

「……成る程」

「まあいずれにせよ、外野の声なんて無視しておきましょう！　ケイル様は魔王を目指すんですから、序列が低いからって遠慮している場合ではありませんよっ!!」

誰のせいだと思っているんだ……。

「あのな、俺は記憶を失っているんだぞ。昔の俺ならともかく、今の俺にとってはこれが初の序列戦どころか、初の実戦だ」

「う〜ん……それは確かに不安ですねぇ。流石に実戦の感覚だけは、思い出していただきたいところですが……」

頭を悩ませながら、エレミーはちらりと掲示板を一瞥した。

「あっ、ケイル様。今から他の方たちが序列戦を始めるようです。折角なので、こちらを見学してみては如何でしょうか？　もしかしたら実戦の感覚も思い出せるかもしれませんよっ!!」

その提案に、俺も掲示板を見る。

【序列戦 スケジュール】

・序列１２６位決定戦

　日時：8月21日 8時30分

　場所：第1演習場

挑戦者：アニキス＝アムドゥスキアス（序列１３４位）

応戦者：メイ＝レラジェ（序列１２６位）

序列戦のスケジュール一覧には、俺以外の名前も記されていた。

現在の時刻は午前八時二十分ほど。丁度、これから戦いが行われるらしい。

「そうだな……折角だから、観ておくか」

どのみち、ここまできたら後戻りはできない。昨日の段階では「仮に申請が通っても、どうにかキャンセルすればいいか」と楽観的なことを考えていたが、これだけ序列戦の情報が周知されてしまった以上、キャンセルしたらそれはそれで悪目立ちしてしまいそうだ。

エレミーと共に本館の中にある第一演習場へ向かう。

白い壁で囲まれた巨大な部屋で、二人の悪魔が対峙していた。

「緑色の服を着た男がメイ＝レラジェ、大きな角を生やした男がアニキス＝アムドゥスキアスですね」

エレミーが軽く紹介する。

数秒後、審判である生徒が序列戦の開始を告げた。

先に動いたのは挑戦者であるアニキスだった。アニキスは腰に巻いてあるポーチから、小石程度の大きさのある金色の球体を取り出した。

「なんだあれ？　金属の球？」

「ええ。ですが恐らく、直接あてるためのものではありません」

アニキスは大きく振りかぶって、球を投擲する。

エレミーの言う通り、その球はメイ目掛けて放たれたわけではなく、メイの足元へ真っ直ぐ進んだ。

　球が床に触れた直後——耳を劈く音が演習場に響く。

　その音は観客席にいる俺たちの耳まで届き、皆、一斉に両耳を塞いだ。

「い、今の音は……ッ⁉」

　耳鳴りが続く中、俺は両耳を摩りながら隣のエレミーに尋ねる。

「ア、アムドゥスキアスの能力は、《轟音》……音を操ることです。今のは単純に、音を大きくしたみたいですね。……遠くにいる私たちですらこれですから、間近であの音を聞いたメイ＝レラジェは、かなり苦しいんじゃないでしょうか」

　エレミーの言う通り、メイは苦悶の表情を浮かべていた。

　だが、あらかじめアニキスの攻撃を予想していたのか、すぐに体勢を立て直して背中の矢筒から一本の矢を取り出す。

　メイが矢を放つ。アニキスは紙一重でそれを避けた。

　カラン、と音を立てて矢が床に落ちる。その鏃は緑色に染まっていた。

「レラジェの能力は、《毒箭》……触れた相手を腐らせる矢を放つことです」

「あの矢自体が能力で生み出されたものなのか？」

「レラジェ一族の悪魔は、どんな矢でも触れるだけで自動的に毒矢にしてみせるんですよ。

なので、矢筒に入っているのは、ただの矢だと思います」

エレミーの説明に、俺は「そうなのか」と相槌を打つ。

「悪魔の能力は全部で七十二種ほど存在します。これはあらゆる種族の中で、二番目に多い数です」

「一番じゃないのか……？」

「はい。一番多いのは、人間ですね」

人間——その言葉を聞いた瞬間、不思議な感覚を得た。

どうしてか、人間の能力について簡単にイメージすることができる。

何故か分かる。人間の戦い方が。

何故か分かる。人間の能力が、どういったものなのか。

だからだろうか。俺は相対的に、悪魔の能力もどういったものなのか、理解を深めることができた。

「人間の能力と違って、悪魔の能力は完全にパターン化されているんだな」

「はい。ですから対策が立てられている場合もあります」

アニキスが再び金色の球体を手に持った。金属製で、きっと音が出やすい素材を使っているのだろう。あれを意図した場所に命中させ、その音を拡大させることが彼の戦術らしい。

しかし、その球が投げられた直後、メイが矢を放った。

矢が球を穿ち、アニキスの戦術が失敗に終わる。

次の瞬間――メイの矢がアニキスの右肩に刺さった。

アニキスの右肩が緑色に染まって爛れる。

「勝敗が、決しましたね」

「……ああ」

床に膝をついたアニキスを見て、俺は頷いた。

序列戦で勝利したのは応戦者のメイ＝レラジェ。今回は序列の変動がないようだ。

「どうですか、ケイル様？　序列戦の雰囲気は掴めましたか？」

「まあ、大体はな」

「勝てそうですか～？」

「それは分からないが……」

考えながら、答える。

「一二六位の決定戦だったからか……正直、思ったより地味だと感じた。でも、俺の相手は多分あんな程度じゃないよな？」

「それは勿論です。序列三桁台と一桁台は、その実力に大きな差がありますから。先程の序列戦のように、地味なものにはならないと思いますよ～？」

「だよな……」

俺にとっては的中して欲しくない考えだった。

序列一位のライガットの能力は凄まじい。あの男ほどではないにせよ、相手はライガットと同じ序列一桁台だ。相当な手練れであることを覚悟せねばならない。

「では、ケイル様！　これから作戦会議といきましょう！」

「これからって、授業はどうするんだよ」

「サボればいいんですよ。序列戦は魔王を決めるための大事な行事……授業なんかより、よっぽど大事なことです！」

◆

午前中を全て作戦会議に費やした俺たちは、昼休みを報せるチャイムが鳴ると同時に、序列戦の会場へ向かった。

「さぁケイル様。いよいよ序列戦ですが……覚悟は決まりましたか～？」

「……ああ」

覚悟なんて最初からないに等しいが、ここまできた以上はやるしかない。

俺はエレミーと共に、序列戦の会場である第三演習場へと向かった。

演習場には既に大勢の観客が待機している。やはり入学早々、序列五位に勝負を挑んだことで有名になっているのだろう。二年生、三年生の先輩だけでなく、新入生たちもどこか楽しそうな表情で客席に座っていた。

「おい、来たぞ。ケイル＝ヴィネだ」

「入学早々、序列五位に挑む馬鹿だ」

「四桁台と一桁台の勝負なんて初めて見るぜ。一秒でも保てばいいけどな」

ケラケラと笑い声が聞こえる中、俺は下を向いて演習場の中に入った。

演習場の中心には、水色の髪をした男が立っている。

恐らく彼が、対戦者だ。

「君が、ケイル＝ヴィネか」

演習場に出ると、男が俺の顔を見て言う。

間違いない。この男こそが、悪魔学校の序列五位――フランキス＝パイモンだ。

「まさか入学したばかりの生徒に、序列戦を申し込まれるとは思わなかったよ。見かけによらず豪胆な性格をしているね」

「いや、少なくとも俺は、申し込むつもりなんて全くなかったんだが……」

「ははは、そういう態度も作戦のうちってことかな？　今更、弱気なフリをしても意味ないよ」

この男、話を聞いてくれているようで全く聞いていない。

「《狂飆》のヴィネ。その噂はかねがね聞いているよ。でも——家の威光でどうにかなるほど、僕の序列は安くない」

フランキスの顔から笑みが消えた。

無理もない。フランキスからすれば、俺は格下にも拘わらずいきなり序列戦を申し込んできた男だ。舐められていると感じたのだろう。

「両者、位置についてください」

いつの間にか用意されていた審判が俺たちの顔を見て言う。

「序列五位決定戦——開始ッ！」

戦いの火蓋が切られた直後、フランキスの頭上に大きな水塊が現れた。

——《水禍》のパイモン。

あれが、パイモン一族の能力である水の操作だ。

自由に水を生み出し、更にそれを自在に操作してみせる。単純ゆえに強力で、明確な攻略法がない。

「まずは小手調べだ。さあ……どう凌ぐ？」

フランキスが不敵な笑みを浮かべながら、腕を振り下ろす。

大量の水が、巨大な波と化して襲い掛かった。

「これが、序列五位……っ！」

先程、観戦した序列戦とは攻撃のレベルが違う。

盛り上がる歓声を聞きながら、俺は右腕を波に向けた。

──《狂飆》。

それがヴィネ一族の能力だ。

その、効果は──。

「吹き飛べッ‼」

荒れ狂う暴風が放たれる。

波は風によって左右に分割され、俺の両脇で飛沫を上げた。

これが《狂飆》……嵐を自在に生み出す能力だ。

風ではなく、荒れ狂う嵐を生み出すため、出力の制御には難があるものの、威力だけなら恐らくかなり強い。

初撃をどうにか凌いだ俺は、安堵に胸を撫で下ろした。

その様子を見て、観客たちは目を見開いている。

「お、おい……あいつ、新入生のくせに序列五位の攻撃を防いだぞ？」

「なんだよ、今の風……すげぇ威力じゃなかったか？」

最初の一撃で勝敗が決すると思っていた観客たちは、俺が無傷で攻撃を凌いだ光景を目の当たりにして驚愕していた。

――やっぱり、この能力はかなり強い。

記憶を失っているので、俺は自分の能力が他の悪魔にどの程度通用するのか不安で仕方なかった。しかし客席から聞こえてくる声を聞いたところ、《狂飆》の力はかなり強いらしい。

ヴィネ一族の能力は本物だ。

確かな手応えを感じる。その一方で、フランキスはじっとこちらを見つめていた。

「……よし、分かった」

フランキスが呟く。

「どうやら遊び半分で僕に挑んだわけじゃないみたいだね。それなら、手加減はもう止めよう」

そう言ってフランキスは微笑（びしょう）した。

先程の一撃はあくまで小手調べ。今、漸（ようや）くフランキスはやる気になったようだ。

フランキスが頭上に腕を突（つ）き出す。

その周囲に五つの水塊（すいかい）が現れた。

初撃の時と違って、水塊の内部は激しく渦巻（うずま）いていた。激しく音を立てて渦巻く水塊が、徐々に膨張（ぼうちょう）する。

「――《水塊槌（プレシオン）》」

渦巻く水塊が一斉に降り注ぐ。

瞬時（しゅんじ）に本能で悟（さと）った。これは――先程の嵐では防御（ぼうぎょ）できない。

巨大な質量の水が迫（せま）る中、俺は作戦会議でエレミーとした会話を思い出した。

『上位の悪魔にもなると、能力をそのまま使うだけではなく、独自の技を持っている場合が多いんです。……ライガット＝バアルが見せた《黄雷宮殿（パレス）》がいい例ですね。フランキス＝パイモンも幾（いく）つかの技を持っているかと思います』

それがまさに、この水塊――《水塊槌（プレシオン）》なのだろう。

『こっちは自分の能力すら上手（うま）く扱（あつか）えるか分からないのに……先が思いやられるな』

『ご安心を！　こんなこともあろうかと、ケイル様でも覚えられる技を私が伝授いたしますっ!!』

思わず不安を吐露すると、エレミーがそんなことを言った。

『なんでエレミーが、ヴィネ一族の技を知っているんだ？』

『え？　ええっと、それはですね……今までずっと、ケイル様を見てきたからですよ～！

ケイル様が記憶喪失になった以上、私の方がヴィネ一族の能力に詳しいと思いますっ!!』

エレミーはどこか誤魔化すように告げる。

『それでは早速、一つ目の技を伝授いたします。この技の名前は――』

そう言って彼女から教わった技を、鮮明に思い出す。

右手を横に突き出し、嵐を顕現。更にそれをある形に凝縮する。

ヴィネ一族の能力《狂飆》は、出力の制御こそ難しいものの、形状だけなら簡単に制御ができる。荒れ狂う嵐を細長い形に圧縮した俺は、それを水塊目掛けて放った。

「――《疾風槍》ッ!!」

嵐の槍が、目にも留まらぬ速さで水塊を撃ち抜く。

槍に貫かれた水塊は、その場で形を崩して破裂した。

「風の槍……？　威力が高いな……ッ！」

フランキスが焦燥する。
俺は次々と《疾風槍》を放ち、迫る水塊の全てを破壊してみせた。
「……驚いたよ。まさか本当に、僕と互角に戦えるなんて」
フランキスがそう告げた直後、再び《水塊槌》が発動される。
今度の水塊は十個……先程の倍だ。しかし――。
――互角？
俺は、頭上から降り注ぐ水塊を、脅威だとは感じていなかった。
――俺はもっと、いけるぞ。
両手を広げる。
左右に十五本の《疾風槍》を展開し、一斉に放った。
「なっ⁉」
宙に浮かんでいた十個の水塊が、一瞬にして破壊された。
それまで余裕を見せていたフランキスが、ここにきて本格的に焦り始める。
――まだ、いける。
焦燥に駆られたフランキスを見て、俺は自分でも不思議なくらい冷静だった。
余った五本の槍をフランキス目掛けて放つと、咄嗟に生み出された水の盾によって防がれた。

瞬時に二十本の《疾風槍(ドラグニル)》を展開する。

俺の背後に並ぶ大量の槍を見て、フランキスはいよいよ絶句した。慌(あわ)てて《水塊槌(プレシオン)》を発動するが、水塊が生み出される度にそれを破壊していく。

「……なんだこれ？」

フランキスの余裕が失われていく一方、俺も疑問を抱いた。

——どこまでいけるんだ？

展開する《疾風槍(ドラグニル)》の数を更に三十本に増やす。

まだ、出せる。——威力も上げられる。

これは序列五位の決定戦だ。魔界(まかい)に唯一(ゆいいつ)存在する学校の、上位五名に食い込むための戦いだ。しかし……それにしては思ったよりも苦しくない。

フランキスが弱いのか？

それとも——。

「そ、そこまで！」

審判の悪魔が大きな声を発する。

放った槍が幾つか命中したのだろう、いつの間にかフランキスは遠くで倒(たお)れていた。

「勝者――ケイル＝ヴィネ!!」

その結果は、この場にいる全ての悪魔にとって予想外だった。

俺も、観客も、誰(だれ)もが無言のまま……序列戦は終わった。

◆

序列戦が終わった後、俺はエレミーと共に演習場を去った。

「ケイル様！　序列五位、おめでとうございますっ!!」

序列戦に勝利できたからか、エレミーはとても機嫌(きげん)がいい。

しかし俺は、全身に込み上がる違和感(いわかん)に複雑な気持ちだった。

「エレミー」

「はいっ！　なんでしょうか!?」

明るい表情でこちらの質問を待つエレミー。

そんな彼女に、俺は訥々(とつとつ)と尋ねた。

「もしかして……記憶を失う前の俺は、かなり強かったのか？」

先程の、フランキス＝パイモンとの序列戦を思い出す。

あの男は決して弱くなかった。なにせ序列五位だ。あの男とライガットの間にある差は四人分しかない。

そんな相手に俺は勝ってしまった。しかも結果だけ見れば、俺は無傷。圧勝と言っても過言ではない。

もしかすると俺は、記憶を失う前までは、凄腕の傭兵か何かだったのかもしれない。それならあのフランキス＝パイモンに圧勝したのも自然だ。そんな風に思ったが――。

「……うひっ」

エレミーの口から変な声が漏れた。

「うひっ、ひひひっ……！　す、すみません！　ケイル様が、物凄くキリッとした表情で訊くもんですから、ちょ、ちょっとツボに入りました……！　うひひひひっ！」

随分と不気味な笑い声だ。

笑いを堪えきれず目尻に涙を浮かべるエレミーに、俺は額に青筋を立てた。

「もういい。お前に訊いた俺が馬鹿だった」

「い、いえいえ、そんなことはないですよっ！　というか、私以外にこんな質問したら……め、めっちゃ笑われますよ……っ！」

まだ笑いが止まらないらしい。

前々から思っていたが……このメイド、俺のことを馬鹿にしすぎではないだろうか。

「ええっと、ですね……記憶を失う前のケイル様は、確かに強かったと思います。私が知る限り、最低でも二回ほど街を救ってますね～」

「街を!?」

漸く笑いがおさまったかと思いきや、とんでもない爆弾発言をされた。

「街……というか、正確には領地ですかね」

「いや、どのみち凄いな……」

記憶がないため実感できないが、街や領地を救うなんて簡単にできることではない。過去の俺は一体何者だったのだろうか。

「まあ、そんなわけですから、ケイル様はもうちょっと自信を持ってもいいんですよ？」

「そうか。……じゃあエレミーは、俺の実力を理解した上で、序列五位に挑戦させたんだな」

「あ、いいえ。ぶっちゃけ普通に負けると思ってました。なので私、めっちゃ驚いています」

「……じゃあなんで挑戦させたんだよ」

「てへっ！」

何が「てへっ！」だ。

記憶はないが、ひとつだけ確かなことがある。多分、俺は以前からこのメイドに苦しめられていたのだろう。

「ま～要するに……ケイル様が、私の予想以上に強かったということですよ」

そう呟くエレミーは、ほんの少しだけ深刻な表情をしているように見えた。

だがすぐにその表情は、いつも通りの明るくて、ちょっとだけ意地悪な笑みに戻る。

「さあ、それではケイル様、そろそろ授業に出ましょう」

「……ああ」

悪魔学校には学年という制度こそあるが、クラスという制度はない。生徒が学びたい科目を自ら選択し、好きなタイミングで受講しているらしい。但し授業の中には必修科目もあり、こちらは必ず受講して、試験で合格点を取らなくてはならない。取れなかった場合は留年だ。

クラスが存在しないということは、担任の教師も存在しないということだ。そのため、生徒の出席日数について細かく管理している教師もいない。入学早々、いきなり午前中の授業を全てサボった俺たちだが、それを咎める者はいなかった。

五限目と六限目の授業を適当に選んで受講した後、俺とエレミーは学校を去り、ヴィネ一族の屋敷へと帰った。

「本当は祝勝会といきたいところですが、明日も学校ですからね～。今日は早めにお休みすることをオススメいたします」

夕食後、エレミーが言う。

言われなくてもそうするつもりだ。別に楽しい学生生活を期待していたわけではないが、お世辞にも幸先が良いとは言えない。

いや……逆か？　初日でいきなり序列五位になったのだから、かなり幸先が良いのかもしれない。俺にとっては完全に予想外の流れだが、ヴィネ一族の跡取りとして魔王を目指すという目的を考えると、最高のスタートを切れたと言える。

「でも……少しくらい、のんびりと過ごしたいな」

ベッドに横たわりながら、そんなことを呟く。

問題は俺の身体が今後も保つかという話だ。

できれば無茶はしたくない。明日からは平穏に過ごそうと思い……俺は眠りについた。

そして、その日の夜。

俺は、夢を見た――――。

◆

頭の中で、不思議な映像が流れる。

青い空に白い雲。魔界では見られない光景だ。——俺は今、何処にいるのだろうか。

老若男女、多くの人々で賑わう城下町。

そこには悪魔の姿だけでなく、人間やエルフ、獣人など様々な種族がいた。

これは——俺が、旅をしていた頃の記憶だろうか。

随分と平和な街だ。魔界も決して荒れているとは言えないが、亜人領である以上、閉鎖的な空気だけはどうしても生まれてしまう。その点、この街はあらゆる種族に対して寛容で、穏やかな雰囲気に包まれていた。

『兄さん！　おかえりなさい！』

場面が移り替わり、目の前に銀髪の少女が現れる。

少女の顔はぼやけていた。どんな顔だったのか、思い出せない。

少女に手招きされて、俺は家の中に入った。

旅の途中、知り合った少女の家に招かれたのか？　それにしては随分と親密な様子だ。

距離感は恋人そのものである。

しかし、少女を見つめる俺自身の感情は、とても落ち着いていて温かい。家族と過ごしているような感覚だ。

旅をしている頃の記憶かと思ったが……違うのだろうか。

不思議な気持ちになると同時に、また場面が切り替わる。

今度は大きな建物の中庭だった。

廊下があり、幾つもの大きな部屋があり、道行く人々は皆似たような制服を着ている。

これは……学校、だろうか。

だが悪魔学校ではない。魔界にはない別の学び舎だ。

『ケイル君！　おはよう！』

陽光に照らされた中庭にて、青みがかった髪の少女が告げた。

彼女の顔もうまく思い出せない。ただ、その背中には黒い羽が生えている。

悪魔か……？　いや、違う。

ほんの少しだけ思い出した。確か彼女の瞳は赤色で、その口からは小さな牙が見え隠れしていた筈だ。

彼女は吸血鬼だ。

そう思った直後、また場面が切り替わる。

『ケイル、今日もよろしく』

目の前に、虎の獣人が現れる。

長身痩躯の少女だった。その口調は淡々としているが、冷たい印象は感じない。単に感情を表に出さない性分なのだろう。

俺たちは馬車に乗って何処かに向かっていた。

荷台の片隅に、一枚の羊皮紙が落ちている。それを拾い上げることで自分たちの目的を思い出した。そうだ、俺たちはギルドの依頼で魔物の討伐に出向いているのだ。

ぐらり、と足元の地面が崩れ落ちるような感覚がした。

景色が目まぐるしく変わる。失われていた記憶が、濁流のように頭に流れ込む。しかしいずれも穴だらけで、記憶はうまく結びつかない。

『おーっす、ケイル』

『ケイル、おはよう』

教室で誰かが俺の名を呼んでいた。

どちらも男子生徒。どちらも俺と同じく制服を身につけている。

これは、本当に——旅の記憶なのだろうか。

直感が「違う」と訴えていた。

これは俺の……帰るべき場所だ。

◆

目が覚めると、頭に強烈な違和感があった。

「……なんだ、今の夢は？」

夢で見た内容はぼんやりと覚えている。

その、どれもこれもが突拍子もないものだ。夢なのだから、突拍子がなくて当たり前かもしれないが――。

本当に――ただの夢なのか？

「おはようございます、ケイル様っ！」

ノックもされずにいきなり部屋の扉が開く。

ヴィネ一族に仕えるメイド、エレミーが明るい笑みを浮かべて部屋に入ってきた。

「あら、もう起きていたんですね」

「ああ」

返事をして、ベッドから下りる。

そんな俺の様子に、エレミーは目を丸くした。

「どうかしましたか？」

「……いや、ちょっと変な夢を見ただけだ」

立ち上がって額に軽く触れると、じんわりと汗を掻いていることに気づいた。

「エレミー。記憶を失う前、俺はどこに住んでいたんだ？」

「どこと言われましても……以前お伝えした通り、私たちは各地を転々としていましたので、特定の場所に長居したことはありませんね～」

「……そうか」

夢の内容は朧気にしか覚えていないが、ひとつだけはっきりと知った事実がある。

多分、俺には――帰るべき場所がある。

そしてそれは、きっと……この屋敷ではない。

「では、本日も学校へ参りましょう！」

◆

ヴィネ一族の屋敷から、悪魔学校へと繋がる通学路を歩く。

その途中、衛士の格好をした悪魔たちが忙しない様子で目の前を横切った。魔界の出入り口へ走って向かう彼らの背中を、思わず目で追う。

「騒がしいな……何かあったのか？」

疑問を口にする俺の隣で、エレミーは新聞を購入していた。

「ふむふむ……どうやら昨晩、魔界の入り口で襲撃があったみたいです。なんでも、二人組の女性が強引に魔界へ入ろうとしたとか」

紙面を読みながらエレミーは言う。

魔界、天界は地名こそ独特なものだが、その仕組みは一般的な亜人領と変わらない。他の領地とは陸続きになっているため、他国からの侵入者が入るリスクはある。

「襲撃って、そう簡単に起きるものなのか？」

「いえいえ、魔界も基本的には平和ですよ～。最近は天界との外交摩擦もありませんし」

「天界……そう言えば、入学式でライガット＝バアルもそんなことを言っていたな」

天界とは文字通り、天使族たちの亜人領だ。

入学式の日、ライガットも似たような発言をしていた。

「悪魔と天使は、昔から仲が悪いですからね～」

「そうなのか……」

記憶を失ってしまったからか、どうにも他人事のように聞こえてしまう。

本来なら俺も関心を抱くべき事柄なのかもしれない。

そんなことを考えていると、ふとエレミーが普段とは違う様子であることに気づいた。

いつもと比べて穏やかな顔つきというか、どこか懐かしんでいる様子というか……。

「エレミー？　何を見ているんだ？」

「あ……えっと、その～……あちらの、ご家族を」

エレミーはどこか言いにくそうに、視線を横に向けた。

視線の先では、小さな子供と、その両親と思しき男女が、楽しそうに団欒していた。

子供が手に提げている紙袋には……筆箱と教科書が入っている。

「あれは……悪魔学校の生徒ではないよな？」

「そうですね～。魔界では、公的な教育機関が悪魔学校しかありませんから、それまではご家庭で勉強するのが一般的なんですよ～。いわゆるホームスクールってやつです」

へぇ、と相槌を打つ。

悪魔学校に年齢制限はない。だからその気になれば、十歳にも満たない年齢で悪魔学校に通うこともできるが、それでは授業についていけないため、基礎知識を身に付けるまでは家で学習するのが定番なのだろう。

「新しい一年が始まる時期ですから、家族で勉強に使う道具を買いに行ったみたいですね

～。私も似たようなことをしましたので、よく分かります」

　そう告げるエレミーは、とても和やかな表情を浮かべていた。

「エレミーも、子供の頃はここで過ごしていたんだよな」

「……そうですね～。ケイル様と旅に出るまでは、ここで平和に暮らしていました」

　小さな声で、エレミーは続ける。

「ですから……ここには、色んな思い出が詰まっています」

　エレミーは、どこか寂しそうな顔で言った。

　いい思い出ばかりではないのだろうか？　まるで、湧き上がる激情を抑えるかのように唇を噛むエレミーに、俺は首を傾げる。

「……その、思い出はこれからも沢山作れると思うぞ」

　そう言うと、エレミーは目を丸くして――微笑んだ。

「優しいですね～、ケイル様は」

　エレミーはじっと俺の顔を見つめて言った。

「女の子にモテモテだったのも納得ですね～」

「え……そうだったのか？」

「はい。ケイル様は忘れているでしょうが、大変だったんですよ～？　何処へ行っても可愛い女の子を誑かして……たらしの極みでしたね～」

「そ、そうだったのか。……いや、そんなことはない気が……」

記憶がないので定かではないが、本能がエレミーの発言を強く否定している。

しかし……覚えていない事実を突かれることほど、対応に困ることはない。

俺は話題を変えることにした。

「エレミー。話を変えるが……」

「逃げましたね」

「逃げてない」

本当に訊きたいことがあるだけだ。

「昨日、俺が使ったヴィネ一族の《狂飆》は、あんな感じの使い方であっているのか？」

昨日は殆ど付け焼き刃のまま能力を行使したので、俺はまだ自分の力がどういったものなのか理解していなかった。

「はい。使い方はあれで間違ってないですよ。というか正直、ケイル様は初っ端から私の想像以上に能力を使いこなしていましたので、今でもびっくりしてます」

「そうか……あんまり実感はないが」

「《狂飆》は典型的な攻撃向けの能力ですから、多少荒々しく使っても十分に効果を発揮しますからね～。……まあ、だからといって、あんな大量に《疾風槍》を撃てるとは思っていませんでしたけど……」

　エレミーは説明した。

「能力について詳しく知りたいなら、取り敢えず使ってみるのもいいと思いますよ～。例えば足元に向けてちょっと発動してみるとか、そのくらいの軽い気持ちでも大丈夫です」

　確かに、もう少し気楽に考えてもいいのかもしれない。

「……じゃあ早速、試しにやってみるか」

　丁度、周囲には俺たち以外誰もいなかった。

　学校に着くまでに、一度だけ試しておくことにする。

　掌を地面に向けて意識を集中させた。

　シュルリ、と音が鳴る。掌の先に、旋風が凝縮されていた。

「こんな、感じか――ッ⁉」

　思い切って《狂飆》を発動する。勿論、威力は最小限に留めておいた。

　掌から放たれた嵐は、地面に直撃し、ぶわりと周囲に広がって――。

「ひぁ……っ⁉」

「あ」

エレミーのスカートが、思いっ切り捲れ上がった。

無駄な肉がついていない、やや細めの太腿が付け根まで露出した。白いタイツの向こうには、可愛らしいフリルのついた水色の下着が透けて見える。

突然の出来事に、エレミーは顔を真っ赤に染め、慌ててスカートを押さえる。

そして、じっとこちらを睨んだ。

「あ、あの、ケイル様。一応《狂飆》は、ヴィネ一族にとって誇り高い力ですので……あまりこういうことには、使わないでいただければ～……」

「ごめんなさい」

俺は深く頭を下げた。

ヴィネ一族の顔に、泥を塗ってしまった……。

◆

悪魔学校に着く頃には、お互い落ち着きを取り戻していた。

下足箱で靴を履き替え、教室へ向かうと、すれ違う生徒たちの話し声が聞こえる。

「おい、あいつ……」

「新入生のくせに、いきなり序列五位になった……」

どこを歩いても似たような噂話（うわさばなし）が聞こえる。

「流石（さすが）に目立ちますね～」

「誰のせいだと思ってるんだ……」

思わず額に手をやって、俺は言った。

「エレミー。この際だから、はっきりと言っておくぞ。当分は平和に過ごしたいから、序列戦に挑戦するつもりはない」

「え～何言ってるんですか、ケイル様～？　それでもヴィネ一族の跡取りですか～？　ビビっちゃったんですか～？」

「お前は本当に、一言多いな……！」

口元を掌で隠し、クスクスと笑うエレミーに苛立（いらだ）ちを覚える。

「大体、俺は記憶を失ってまだ間もないんだ。魔界の常識や、ヴィネ一族についても殆ど知らないままだし……もうちょっと、色んなことを整理する時間をくれ」

「も～……分かりましたよ。ですが、そう遠くないうちにまた序列戦に挑（いど）んでもらいますよ？」

いつになるかは分からないが、序列戦に挑むこと自体は吝（やぶさ）かではない。ただ問題は、唐（とう）

突に戦うのが好きでないことと、できれば綿密に相手を選びたいということだ。今回のように、いきなり序列五位と戦うような真似は心臓に悪いので二度としたくない。

「あ、ケイル様。先に教室へ行ってもらってもよろしいですか？」

「それは構わないが、何か用事でもあるのか？」

「掲示板で序列戦の予定だけ見ておこうかと思いまして。取り敢えず、今の序列についてざっくりと調べてきます」

今後のために序列戦の下調べをしておきたいらしい。

思えばエレミーは、俺と同じタイミングで入学したにも拘わらず、序列五位のフランキス＝パイモンについて知っていた。きっとエレミーは入学前から序列について調べていたのだろう。

その上で、いきなり俺を序列五位に挑ませたのだ。

計画的な犯行である。

「……当分は何もせずに過ごそう」

エレミーと分かれた俺は、教室へ向かいながら呟いた。

本館の通路を抜けた後、外に出て渡り廊下を歩く。

その途中、黄土色の髪をした男が目の前に立ち塞がった。

「ケイル＝ヴィネだな？」

突然の問いかけに、俺は驚きながらも答えた。

「そうだが――」

何か用か？　と訊く前に。

いきなり足元の床が刃に変形して、俺の頬を掠めた。

咄嗟に顔を左に動かしていなかったら、今頃その刃は俺の顎から脳天までを真っ直ぐ貫いていただろう。頬から流れる血が、ぽたりと床に垂れ落ちた。

「死ね」

「……は？」

突然、注がれた殺意に、俺は困惑した。

目の前の男が軽く床を踏む。

次の瞬間、足元の床が形を崩し、何十本もの槍と化して俺に迫った。

「ちょ――ちょっと待て！　なんで俺を襲う⁉」

敵の正体も、能力の詳細も分からないまま、俺は迫り来る槍を回避した。

「ていうか、誰だお前ッ⁉」

「答える必要はない」

次々と槍が飛来する中、俺は渡り廊下から校舎の裏へと移動した。

すると男も当然のように追ってくる。

校舎を盾にして槍をやり過ごすと、男は学校を囲む塀に掌をあてた。

その直後、塀が形を変えて、巨大な大砲となる。

「なんだ、その能力……ッ!?」

放たれた大砲を間一髪で避ける。

大砲は背後にあった樹木をなぎ倒し、轟音が学校中に響いた。額から垂れた冷や汗が、顎まで伝う。

男の能力が分からない。

床を刃物や槍に変えたり、壁を大砲に変えたり……触れた物質を他の物質に変換し、更に操作しているのだろうか？　いくらなんでも汎用性が高すぎる能力だ。

「ちっ！　――《疾風槍》ッ!!」

壁と地面から無数の刃が飛来したので、俺は嵐の槍を三つ展開して、その全てを薙ぎ払った。

貫通力の高い槍は、そのまま男の方へ迫る。

だが槍が直撃する寸前、男の足元にある地面が鋼色の盾に変化して、男を守った。

「それが《狂飆》か。……成る程、確かに優れた能力らしいな」

少なくともこの男は、俺のことをよく知っているらしい。

「だが、所詮は風。その程度の軟弱な力では、我が《錬金》には敵わない」

男は不敵な笑みを浮かべて、俺に掌を向けた。

悪魔学校には、至るところに掲示板とポストが設置されている。これはどちらも序列戦を活発にするための措置だ。
掲示板には、序列戦のスケジュールや結果が事細かに貼り出されており、すぐ傍には序列戦の申込書も用意されている。これに記入してポストへ投函すれば、あとは学校側が序列戦の準備を整えてくれるのだ。
序列戦で勝ち上がるには、掲示板による情報収集が大切だ。次はどの序列に挑むべきか、その序列を現在所有している相手はどんな能力を持っているのか、調べておいて損はない。
「流石に、いきなり一位に挑むのは難しいですし～……次に挑むとしたら、四位の方ですかね～」

序列五位以上は悪魔学校の中でも別格だ。

それぞれの間にある差は途轍もなく大きい。序列五位以降は、一足飛びで結果を求めては足元を掬われてしまうだろう。これからは堅実に勝ち進むべきだ。

「ええと、四位の方は……《錬金》のザガン様、ですか」

序列五位以内の生徒は、常にその名が掲示板で公開される。ケイルの名が一気に広まったのもそのせいだ。五位の項目にはケイル＝ヴィネという名がはっきりと記されていた。

序列四位の名は、アルケル＝ザガン。

ザガン一族の能力は《錬金》、あらゆる物質を他のものに変換する力だ。

「正直、相性が悪いですね……」

次の戦いは苦戦するかもしれない。

ザガンの能力《錬金》の真骨頂は、地面や壁から硬い武器を生み出すことだ。硬度が高い物質は、武器にも防具にも成り得る。

ヴィネ一族の《狂飆》は、攻撃範囲こそ広いが、あくまで操っているのは実体がない嵐──即ち風である。風で水は吹き飛ばせても、硬い壁には通用しない。フランキスはどうにか倒せたが、次のアルケルは簡単には倒せないだろう。

倒すには作戦が必要だ。

どうやって倒すべきか、考えていると——突然小さな地響きがした。

ぐらぐらと足元が揺れる。何事だろうか、と首を傾げていると、

「おい！　あっちで誰かが戦ってるぞ！」

「この時間に？　序列戦の予定はないよな？」

「ああ！　多分、私闘だ！」

掲示板の前にできていた人集りが騒々しくなる。

「……しまった」

話を聞いていたエレミーは、慌ててその場から走り去った。

序列戦は魔王になるための重要なステップだ。ケイルがヴィネ一族の跡取りとして奮闘しているように、他の悪魔たちも色んな覚悟を背負って、真剣に臨んでいる。

それ故に、序列戦で勝ち進む生徒には様々な試練が訪れる。

高位の序列を持つ者は、下からの追い上げを恐れ、しばしば序列戦を申し込まれる前に警戒している相手を襲撃することがあるらしい。戦う準備ができていない相手を一方的に嬲り、二度と戦えないほど追い込むことで、自分の地位が奪われることを阻止するのだ。

卑劣な手だ。しかし、もっと注意しておくべきだった。

ケイルは入学早々、一気に序列五位を取得したのだ。警戒されるに決まっている。

「ケイル様……っ！」

地響きがした方へ、エレミーは大急ぎで駆けつけた。

渡り廊下から校舎の裏へ向かう。捲れた床や、崩れた塀を見て、ここが戦場だったのだと瞬時に理解した。

――能力を使うか？

最悪、それも辞さない。

今、ケイルに脱落されては困る。

先日の序列戦で、エレミーはケイルの実力を垣間見た。まさか、あれほど強いとは思ってもいなかった。

しかし、いくらそのケイルでも奇襲されれば一溜まりもない。

今日のケイルは戦闘に対して消極的だった。その心の隙を突かれれば――敗北してしまう。

遠くで砂煙が舞っていた。

その中心に、一人分の人影が佇んでいる。

「ケイ、ル、様……？」

まさか……もう、負けてしまったのだろうか？

エレミーは焦燥に駆られて近づいた。

「ケイ――」

「はぁ、はぁ……なんだったんだ、コイツ……？」

吹き抜けた風が砂塵を払う。

人影の正体は、襲撃者ではなく――ケイルだった。

「結局、最後まで誰か分からなかったし……恨みを買った覚えもないんだけどな」

ブツブツと呟くケイルの足元には、一人の男子が横たわっていた。

男は完全に気を失っている。その黄土色の髪と、雄牛の角に、エレミーは心当たりがあった。

「えっと、ケイル……様？」

「ん？　……エレミーか。悪い、なんか急に襲われたから、大人しくしてもらった」

「そ、それは別に、いいんですが……」

足元で倒れた男と比べて、ケイルには傷ひとつなかった。

その様子に、エレミーは困惑しながらも告げる。

「あの……ケイル様」

「ん？」

「その方……序列四位ですよ」

その言葉に、ケイルは暫く硬直してから口を開いた。

「……え？」

◆

当たり前だが、序列戦以外の私闘は校則で禁止されている。

そこでエレミーは、気絶から目を覚ましたアルケル＝ザガンにある提案をした。

それは、今回の私闘を序列戦扱いにして、序列を譲ってくれないかといったものだった。

私闘を始めたのはアルケル＝ザガンの方であり、ケイルは終始、正当防衛に徹していたと説明できる。この提案を承諾しない場合、アルケルは校則違反で何らかの罰則を受けることになるだろう。

私闘とはいえ、ケイルはアルケルを倒してみせた。なら、どのみち序列戦をやったところで結果は同じ。アルケルは苦々しい顔で提案を受け入れ、今回の私闘は序列戦だったと学校側に説明し、そして俺と序列を交換した。

斯くして、俺は序列四位になった。

「前回の序列戦でも驚きましたけど、今回はもっと驚きましたよ～。ザガンの能力である《錬金》は、ケイル様と相性が悪かった筈ですが、どうやって倒したんですか～？」

エレミーが尋ねる。

彼女が言うには、今回の襲撃者であるアルケル＝ザガンは俺と相性が悪かったらしい。確かに《錬金》で生み出された武器はいずれも強力であり、更に俺の攻撃は地面を硬化させた盾であっさりと防がれた。

かと言って、記憶を失った今の俺に、戦うための引き出しはそう多くない。では具体的に、どうやってザガンの《錬金》を打ち破ったのかと言うと――。

「《疾風槍》を五十本くらい用意して、数でゴリ押しした」

「……ほ、本当にゴリ押しですね、それ」

エレミーの笑顔が引き攣る。そうするしかなかったのだ。

そもそも《疾風槍》は数で攻撃するための技ではない。一本もあれば、フランキス＝パイモンの《水塊槌》を相殺できるのだ。それを五十本も用意して、更に高速で射出すれば、どれだけ硬い盾を持っていても対処できないだろう。こちらの消耗を度外視した苦肉の策だ。

「しかし……序列戦にも、盤外戦術はあるんだな」

「……申し訳ございません。それについては、私があらかじめ説明しておくべきでした」

珍しく落ち込んだ様子を見せるエレミーに、俺は驚きつつも「気にしなくていい」と返事をした。悪いのはアルケルであってエレミーではないのだ。そのアルケルも結局は俺に序列を奪われたため、個人的にはもう溜飲が下がっている。

「あ、そうだ。ケイル様、これから挑戦する相手について調べておきました」

そう言ってエレミーはポケットからメモ用紙を取り出した。

「現在、ケイル様は序列四位ですから、魔王になるためには最低でもあと三人と戦う必要があります。一位のライガット＝バアル様の説明は割愛するとして、後は二位と三位についてですね」

続けて、エレミーは説明する。

「二位はウォレン＝ベリアル……三年生の男ですね。ベリアル一族はヴィネ一族と同じように貴族の家柄であり、その能力は《獄炎》……通常よりも遥かに強くて消えにくい炎です」

やはり上位の序列にもなると三年生が多いらしい。ライガット＝バアルも三年生だった筈だ。

「気になっていたんだが、やっぱり貴族の能力は強いものなのか？」

「はい。ですが今更、気にする必要はありません。先日戦ったパイモン一族も貴族ですし、先程戦ったザガン一族も貴族ですよ」

「え、そうだったのか」

「悪魔は家柄よりも実力を重視しますからね。本人たちも、あまり貴族然とした態度を取らないんですよ」

　アルケルに至っては格下相手に奇襲したくらいだ。お世辞にも貴族らしいとは言えない。

「一位のバアル一族も、貴族に該当します。ですが……次にケイル様が挑戦する序列三位の方は、貴族ではありませんね」

　メモ用紙を捲りながら、エレミーが言う。

「三位の方は、リリ＝シトリー……二年生の女性です。この方の能力は《魅了》……少々、特殊な力ですね」

「具体的に、《魅了》というのはどんな力なんだ？」

「端的に言えば、相手の好意を操って、自分の言いなりにする力です」

「……恐ろしいな」

「はい。特に、異性に対しては絶大な威力を発揮します」

　そう言ってエレミーは、「む～ん」と難しい顔で唸った。

「ぶっちゃけ、ケイル様はその辺りがちょっと不安ですねぇ～。免疫がなさそうですし～……」

「……失礼な」

否定したいができない。

というより、記憶がないためその手の浮いた話があったのかどうかすら分からない。

「えいっ」

唐突に、エレミーが右腕に抱きついてきた。

「エ、エレミー？　何をして……」

「免疫がないなら、作ればいいと思いまして。私で慣れちゃいましょうか」

さらっとそんなことを言うエレミーに、頭の中が真っ白に染まった。

「ほらほら～、瑞々しい女体ですよ～」

「い、いや……そんなことされても、普通に困るだけなんだが……」

「とか言っちゃって～、お顔が赤くなってますよ～？」

そりゃ、なるだろ。

エレミーは容姿端麗な少女だ。身長こそ低いが、胸だけは平均を遥かに超えるほど大きく、先程からずっと右腕に柔らかい感触がしている。異性として、意識しない方が難しい。

「おやおや、随分と仲がいいご様子で」

その時、背後から声を掛けられる。

声を聞いた瞬間、エレミーは飛び退くように離れた。

振り返ると、そこには羊の角を生やした一人の老人がいる。

「ガシャス……さん」

ガシャス＝バラム。

彼は、俺たちにとって恩人となる悪魔だ。

「お久しぶりです」

目の前の悪魔に、俺は頭を下げた。

「ああ、久しぶりだね。無事、悪魔学校に馴染んでいるようで何よりだ」

「それもこれも、ガシャスさんがヴィネ一族の借金を肩代わりしてくれたおかげですよ」

「同じ悪魔のよしみだ、気にすることはない。……聞けば、君は元々、悪魔領で過ごしていたヴィネ一族の家族とは疎遠だったのだろう？　だというのに、彼らが夜逃げした責任を君になすりつけるのはお門違いというものだ」

その言葉を聞いて、俺は改めて深く頭を下げた。

ガシャス＝バラム。この人物こそが、ヴィネ一族に残った借金を肩代わりしてくれた悪魔だ。彼がいなければ俺は今頃、記憶を失って右も左も分からないまま、エレミーと二人で借金返済のために馬車馬の如く働いていただろう。

「まあ私も、ヴィネ一族に君のような男がいるとは今まで知らなかったがね」

「ケイル様は、つい最近まで悪魔領の外で過ごしていましたからね～。だから知らない方も多いと思いますよ～？」

苦笑するガシャスさんに、エレミーが明るい笑みを浮かべながら言った。

「また何か困ったことがあったら、いつでも私に言いなさい。君たちは知らないかもしれないが、ヴィネ一族には私も何度か世話になったことがある。その恩を返させてもらおう」

そう言ってガシャスさんは俺たちの前から去っていった。

遠ざかる老人の背中を見送りながら、俺は口を開く。

「そう言えば、俺……ガシャスさんが恩人であることは知っているが、それ以外は何も知らないな」

「もう……本当にケイル様は、何も覚えてないんですね～」

エレミーはやれやれとでも言わんばかりに肩を竦めた。

「バラム一族は、魔王の座に君臨したことはありませんが、その代わりに悪魔族の宰相として代々魔王を補佐している一族なんですよ。いわゆる、立ち回りが上手な一族ってやつですね～」

「成る程。……実際、俺はその立ち回りに救われたようなものだしな」

ヴィネ一族もかつては栄華を誇っていた。

ガシャスさんが俺たちを援助してくれたのも、政治的な意図があったのかもしれない。

しかしそれでも、結果的に俺たちが助かったのは事実である。

「心強いな。ヴィネ一族の味方なんて、今や俺とエレミーの二人だけかと思っていたが……ガシャスさんのような大物が力になってくれるのは、ありがたい」

俺は、極々普通のことを言ったつもりだが……。

ふとエレミーの方を見ると、彼女は何故か悔しそうに唇を噛んでいた。

「……そうですね」

いつもの明るくて騒がしい様子ではない。

ガシャスさんが立ち去った方向を、鋭く睨み続けたエレミーは……次の瞬間には、またいつも通りの様子に戻る。

「ところでケイル様。もうとっくに授業は始まっていますが……どうします？」

エレミーの豹変に、俺は動揺を抑えて答えた。

「……次の授業から参加しよう」

「承知いたしました。ま～今回はどう考えても、いきなり襲ってきたアルケル＝ザガンが悪いですし。私たちの責任じゃないですね～」

取り敢えず次の授業まで二人で時間を潰すことにする。

あまり教室の傍にいると授業の邪魔になるので、俺たちは校舎の外に出た。すると、俺たち以外にも適当にブラブラしている生徒の姿が見える。グラウンドの隅や、校舎の裏など、よく見れば授業中にも拘わらず生徒たちの姿は疎らにあった。

「……わりと授業をサボっている生徒、多いよな」

「まあ、悪魔なんて皆あんなものですよ。ぶっちゃけ生徒の半数くらいは、序列戦に参加することだけが目的で、授業はそこまで興味なしってパターンが多いですね～」

とはいえ授業も無駄にはならない内容なのだろう。だから積極的に授業に出る生徒もいるにはいる。

「……おや？」

ふと、エレミーがベンチに座っている男を見て声を発した。

「あちらの男は、ベリアル一族の次男……アラン＝ベリアル様ですね～」

「知り合いなのか？」

「いえ、知り合いというわけではありませんが～……中々の放蕩息子っぷりらしくて、有名ですよ～。基本的には悪魔領の外で過ごしている方なので、こうして見るのは久々ですね～」

エレミーが珍しそうにするので、俺もつられて視線を向けた。

ボサボサで不潔感が漂う黒髪の悪魔だった。瞳は金色で、尻尾は黒く、小さな角が生えている。

「ちなみに、あの方のお兄さんが、序列二位のウォレン＝ベリアルです」

「……そうなのか」

言われてみれば、ベンチに座っているアランも雄々しいというか……強そうな雰囲気を醸し出している。

「ケイル様、あのアランという男は中々荒っぽいことで有名ですから、噛み付かれる前にとっとと退散しましょ～」

そう言ってエレミーは俺の腕を掴み、遠くへ行こうと催促した。

しかし、その時――。

「……ん？」

ふと、アランが俺たちの方を見た。

無遠慮に見つめ過ぎたかもしれない。軽く頭を下げて立ち去ろうとした直後――。

「おァ――っ⁉」

何故か、アランは俺を見て盛大に驚いた。

ベンチから立ち上がったアランは、大きな歩幅で俺に近づき、

「て、ててて、てめぇ‼　あの時の化物じゃねぇか‼　なんでここにいるッ⁉」

アランは俺に、訳の分からないことを言った。

ただ事ではないその様子に、俺は首を傾げる。

「化物……？」

「とぼけんなッ！　てめぇ、吸血鬼領でのことを忘れたか⁉」

この男が何を言っているのか、サッパリ分からない。

分からないが……吸血鬼領という言葉は、何故か俺の頭に引っ掛かった。

今、俺の頭の中には空白がある。失った記憶だ。

その空白の部分が、吸血鬼領という言葉に呼応したような気がした。正確には――吸血鬼、という言葉が、何故か頭に強く響く。

「……ちょっと待て」

沈黙していると、アランは怪訝な顔をした。

その目は、俺の頭から生えている角を見つめている。

「角が生えてんじゃねぇか。てめぇ、吸血鬼の次は悪魔の眷ぞ――」

「――はいはーい!! ちょっと失礼しますね～!!」

俺とアランの間に、エレミーが割って入った。

その動きが、少しだけ不自然に感じる。まるで会話を強引に遮ったかのような……。

「ケイル様。案の定、面倒臭い絡まれ方していますし、今日はもう帰りましょう」

「あァ!? てめぇ急に何言ってんだ!」

「うるさいですね～。怒りっぽい男はモテませんよ～?」

「……てめぇ、喧嘩売ってるみてぇだな」

エレミーの言葉に、アランは額に青筋を立てた。

次の瞬間、アランの右腕に炎が現れる。赤々としたその炎は、離れている俺にもはっきりと熱を伝えた。

「ひゃ～!! 逃げましょう、ケイル様! まったく、これだから短気な男というのは!!」

「あ、おい!?」

エレミーに手を引かれ、その場を後にする。

アラン＝ベリアルは、立ち去る俺たちの背中に罵詈雑言を浴びせていた。

◆

「いや～、なんだったんでしょうね？　あの悪魔は」

ヴィネ一族の屋敷に帰った後、エレミーはいつも通りの笑みと共にそう告げた。

「本当に知り合いじゃなかったのか？」

「全然違いますよ～。あちらは有名人ですから、私は知っていましたけど……直接、会話したことは一度もなかった筈ですね～」

ベリアル一族の次男であるアランは、放蕩息子としてそれなりに有名らしい。

しかし、あの男はエレミーの顔を見るなり妙な反応をしていた。それと……俺の角にも注目していたことを思い出す。

あの男はもしかすると、俺の過去を知っているのかもしれない。

しかし、だとするとエレミーがあの男の言葉を遮ったことが気になる。あれではまるで、俺の過去を隠したがっているように――。

「……っ」

ズキリ、と頭が痛みを訴えた。

思考にモヤが掛かっている。あと一歩で手繰り寄せそうな何かを、掴み損ねたような後味の悪い感覚が残った。

「ケイル様。私はこれから夕食の用意をいたしますので、それまでご自由にお過ごしください」

「……ああ」

頭痛に苛まれ、少しだけ返事が遅れる。

暫く横になっていれば元の調子に戻るだろうか。そう思い、俺は革製のソファに身体を横たわらせ、目を閉じた。

そして俺は――夢を見る。

◆

夢の中で俺は、学校に通っていた。

悪魔学校――ではない。景色がまるで違う。悪魔領の空は赤黒いが、夢の中では青い空と白い雲が頭上に広がっていた。これは、悪魔領の光景ではない。

『よお、落ちこぼれ』

誰かの声が聞こえる。

紛れもない罵倒の一言。しかし俺の胸は痛まない。感情が鈍くなっていた。そうしなければ己の境遇に耐えられないと思っていたのだろう。

——そうだ。

俺は落ちこぼれだった。

罵詈雑言の台詞は耳だこができるくらい言われていた。今、そのことを思い出す。

俺は長い間、この学校で落ちこぼれとして過ごしてきた。

旅になんか出ていない。俺はずっと、この学校で辛酸を嘗め続けてきた筈だ。

皮肉なことに、今までの夢は全部、幻か妄想の類いだと思っていたのに、この記憶だけは紛れもない真実なのだと理解していた。楽しい思い出よりも、幸せな思い出よりも、俺にとってはこの苦々しい思い出こそが最も強く記憶に刻まれていた。

ぶわり、と視界が広くなったような気がする。

あぁ——漸く、夢が繋がった。

『兄さん！　おかえりなさい！』

その少女は、学校から帰ってきた俺をいつも温かく迎えてくれた。

彼女は俺の——家族だ。

『ケイル君！　おはよう！』

『ケイル、今日もよろしく』

その二人の少女は、俺を落ちこぼれという境遇から救ってくれた。

彼女たちは俺の——仲間だ。

『おーっす、ケイル』

『ケイル、おはよう』

その二人の少年は、俺が楽しい時も悲しい時も、いつも傍で一緒に過ごしてくれた。

彼らは俺の——友達だ。

全員、俺と深い関わりのある人物だった。

未だに記憶は空白のまま。しかし、大切なことを思い出す。俺にとって彼らは大事な人であり……絶対に、思い出さなくてはならない相手だ。

しかし、それならもう一人。

もう一人だけ、思い出すべき大事な人がいるのではないだろうか？

『ケイル様っ！』

黒髪のメイドが満面の笑みを浮かべる。

ヴィネ一族に仕えるメイドの少女は、いつもニヤニヤと人の悪い笑みを浮かべていた。

彼女は俺の、大切な従者で——。

――違う。

どうしても思い出せない。

彼女と旅をした日々が、微塵も思い出せなかった。まるでそんな日々、最初からなかったかのように。

誰だ。

お前は――誰なんだ？

◆

ソファの上で目を覚ますと、全身から嫌な感触がした。

酷い汗だった。すぐにでもシャワーを浴びたい気分になる。しかし俺は……それよりも先に、確認しなくてはならない。

「あ、ケイル様。丁度、今、お夕食ができましたので、そちらに運びますね～」

そう言ってエレミーは、俺の返事を待つことなく二人前の食事をワゴンに載せて運んできた。

手際よく料理を配膳していくエレミーに、俺は視線を注ぐ。

「……エレミー」

「は～い！　ウザカワメイドこと、エレミーちゃんで～すっ！」

配膳を終えたエレミーが、弾けるような笑みと共に返事をした。

だが、今の俺はその笑みに気を許せそうにない。

「俺は……本当に、ヴィネ一族として生まれ育ったのか？」

その問いを繰り出すと、エレミーは目を丸くした。

だが次の瞬間、その目はスッと細められ、

「ケイル様は、どう思いますか？」

含みのある問いが投げかけられる。

戸惑った俺は、返事をすることができなかった。

「料理が冷めては勿体ないので、食事をしながらお話ししましょうか」

そう言いながら、エレミーは椅子に腰を下ろした。

対面に座ると、エレミーが食事を始める。前菜のサラダを口に含み、音を立てずにナイフで肉を切り、時折口元についた汚れを手元のナプキンで拭った。

エレミーの所作はとても丁寧なもので、思わず見惚れてしまいそうになる。だが冷静に考えれば、それは妙な話だった。一介の使用人である筈のエレミーに、何故そこまでの教養が備わっているのか。

片や、俺の所作は雑としか言いようがない。テーブルマナーなんて全く知らないのだから当然だ。

目の前に座るエレミーと、自分自身を比較する。……まるで、エレミーの方がヴィネ一族の当主のようだ。

「ケイル様。ヴィネ一族の大願について、覚えていますか？」

グラスを口元で傾けた後、エレミーは訊いた。

「……いや。そもそもヴィネ一族に、大願なんてものがあったのか」

「ありますよ～」

エレミーが笑って言う。

だが、疑わしい。覚えていないのか、それとも最初から知っている筈がないのか。今の俺には判断ができない。

そんな俺の疑念を他所に、エレミーは説明を始める。

「魔界には、二つの勢力があるんですよ。それぞれ親天派、反天派と呼ばれていますね～。読んで字の如く、天界と良好な関係を築こうとする派閥と、天界とは距離を置こうと考える派閥です」

「……聞いた限りだと、前者の方が温厚そうというか、争いは起きないような気がするな」

「あ〜……それは当たらずといえども遠からずなんですが、一概に温厚とは言えないですね〜」

エレミーは続ける。

「悪魔たちが暮らす魔界と、天使たちが暮らす天界は、もうず〜〜〜っと前から仲が悪いんですよ。ほら、序列一位のライガット＝バアル様も入学式の挨拶で言っていたでしょう？　最近は天界との外交摩擦も落ち着いているって。あれ、本当に数十年ぶりのことなんですよ〜」

「……そうなのか」

確かに、入学式の挨拶でそのように言っていたことを思い出す。

「なんで仲が悪いのかと言いますと……天使たちは、悪魔を支配できる道具を持っているんです」

「……悪魔を、支配？」

訊き返す俺に、エレミーは「はい」と肯定した。

「その道具の名は――『レメゲトン』」

神妙な面持ちで、エレミーは告げた。

「『レメゲトン』は、神族が創ったと言われる、世界中の悪魔を自在に操作するための道具です。天界側はこれを、戦争の抑止力として所持しているだけと主張していますが～……ぶっちゃけ悪魔からしたら、常に命を握られているようなものですからね。めちゃくちゃ生きづらいんですよ～」

普段通りの様子でエレミーは言うが、俺は目を見開いたまま硬直していた。

衝撃的な事実だ。まさか悪魔が、天使たちに命を握られていたとは。

「まあ、これを知っているのは、悪魔の中でも貴族に該当する一族だけですから、現在進行形で大きな問題にはなっていません。……知っている側からすると、とんでもない事実ですけどね～」

「じゃあ……親天派、反天派というのは、単に天使と友好関係を結ぶとか、そういうわけではなく……」

呟く俺に、エレミーは頷く。

「親天派とは、『レメゲトン』の力を恐れ、天使に従属することを良しとする派閥。反天派とは、天使たちからどうにか『レメゲトン』を奪い、本当の意味で種族としての独立を目指す派閥ですね～。今のところ反天派の方が数も多く、歴代魔王も全て反天派となっています」

親天派が魔王なら、外交摩擦なんて起きない筈だ。

当代の魔王も反天派である。エレミーの説明に納得した。

「ヴィネ一族は反天派に属していました。故に、ヴィネ一族の大願とは……親天派の目論見を防ぎ、天界にある『レメゲトン』を奪っちゃうことです！」

壮大な事実が明らかになった。

だが、『レメゲトン』が本当に実在するなら……確かにこれは大願である。一族の存亡を懸けるに相応しい。

「そして、我等が憎っくき親天派の代表こそが、ライガット＝バアル様です」

「なっ」

その説明に、俺はつい驚愕の声を零した。

ライガット＝バアルは現在、悪魔学校の序列一位。つまり今、最も魔王に近い男こそが、親天派なのだ。

「このままだと、次代の魔王はライガット＝バアル様で決まりでしょう。ライガット様が魔王になれば……悪魔は皆、天使の傀儡と化します。ですからケイル様には、なんとしてでもあの男を倒してもらわなくてはなりません」

エレミーが告げる。

魔王を目指す。それは悪魔なら誰もが一度は志す……言ってみれば、悪魔族共通の憧憬のようなものだと思っていた。しかし今、その憧憬は使命に変わる。エレミーが俺を魔王にしたがっている理由がよく分かった。

「……待て」

その時、俺は今までの説明に疑問を抱く。

「ライガット＝バアルは、既に次代の魔王として支持を集めているんだよな？　反天派の方が多いなら、そうはならないんじゃないか？」

「わ〜お。いい質問ですね〜」

エレミーが茶化すように言った。

悪魔たちの大半が反天派だとしたら、親天派のライガットはそこまで歓迎されない筈である。

「ですが、私はこう言った筈ですよ〜。親天派の代表は、ライガット＝バアル様だと」

改めてその言葉を聞いた時、俺は違和感を覚えた。

「……バアル一族ではないのか？」

「正解です。バアル一族自体は、反天派なんですよ。但し、その跡取りであるライガット様だけは親天派なんです。そしてそれを、隠しています」

言っている意味が分からない。

首を傾げる俺に、エレミーは続けて言う。

「ライガット＝バアル様は、反天派のフリをして魔王に君臨し、その後、親天派に鞍替えするつもりです。つまり――あの男は、裏切り者なんですよ。あの男を、魔王にするわけにはいきません」

反天派のフリをしているから、多くの悪魔に支持されているというのか。

だが、その話を聞いて、また俺は新たな疑問を抱く。

「なんで……エレミーが、そんなことを知っているんだ？」

「それは秘密です」

エレミーは、唇の前で人差し指を立てながら言う。

「ひとつ、約束いたしましょう。ケイル様が、ヴィネ一族の大願を成就すれば……即ち、ライガット＝バアルに打ち勝ち、貴方が序列一位になれば、その記憶は元に戻ります」

「……どういう意味だ？」

「それも秘密です」

そう言って、エレミーは立ち上がった。

「少し席を外しますね。……何やら家の外から、よからぬ気配を感じますので」

窓の外を睨みながら、エレミーは言う。

やがて食堂から立ち去ったその後ろ姿を、俺は困惑したまま見つめていた。

食堂を離れたエレミーは、一人で屋敷の外に出た。

ヴィネ一族の屋敷には小さな庭園がある。但し、今はその手入れが殆どされておらず、あちこちに雑草が生えていた。ケイルかエレミーか、どちらかが庭園の手入れをしなくては荒れる一方だが、悪魔学校に通ったばかりの二人にそんな余裕はない。

「ま～た、貴方ですか」

庭園の方へ向かうと、黒髪の男がいた。

ベリアル一族の次男——アラン＝ベリアルだ。

「あの人間はいねぇのか」

「ケイル様はただ今、食事中ですので」

エレミーは、傍にある屋敷の窓を一瞥して言った。

ケイルが覗き見している様子はない。

「それで、何の用ですか～？　さっきから屋敷の近くで、ず～っとこちらの様子を窺っていましたよね？」

エレミーは分かりやすく愛想笑いを浮かべて訊いた。

しかし、アランは警戒心を解くことなく、エレミーを睨みながら口を開く。

「てめぇ……あの人間を、眷属にしたのか」

エレミーは沈黙した。

しかしその沈黙は、紛れもない肯定だった。アランは顔を顰める。

「代償は、記憶だな？」

アランが告げると、エレミーは薄らと口の端を吊り上げた。

人間が悪魔の眷属になる方法。それは、何らかの財産を捧げることである。眷属となる人間は、自分が「手放したくない」と思うものを、主とする悪魔に捧げなくてはならない。ケイル＝クレイニアは、己の記憶を財産としてエレミーに捧げた。その結果、ケイルはエレミーの眷属として、悪魔の力を手に入れたのだ。

「どうやって、あいつを眷属にした。あいつが自分から記憶を捧げるとは思えねぇ」

「そうですね～。だから、お願いしたんですよ～」

「お願い……？」

「ケイル様の傍にいた、吸血鬼と獣人を人質に取って、『二人を返して欲しければ記憶を捧げてください』って、頭を下げてみたんです」

「……そりゃ脅迫だろ」

アランが眉間に皺を寄せる。

「学校では、あの人間がヴィネ一族の跡取りとして扱われているが……実際は違う。あいつはただの人間で……そして、その人間がヴィネ一族の力を使っている時点で、てめぇの正体も丸分かりだ」

そう言ってアランは、眦鋭くエレミーを睨んだ。

「エレミー……いや、エレミニアード＝ヴィネ。てめぇが本当のヴィネ一族だろ。……髪を切って、角まで染めて、随分と必死に正体を隠しているみたいだがな」

ヴィネ一族の角は青色だ。

エレミーは自らの角を、黒く染めることで正体を隠していた。

「ヴィネ一族は一年前に全員夜逃げした筈だ。逃亡者のリストの中には、てめぇの名前も含まれていたぜ？　だが……まさか身分を偽って、魔界に帰ってきていたとはな」

「……幸い私は、一族の中でも顔が知られていない方でしたからね。おかげ様で、誰にもバレていませんよ」

「だろうな。俺も、あの人間がいなけりゃてめぇの正体に気づかなかった」

　その言葉を聞いて、エレミーは溜息を吐いた。

「まったく……面倒な時期に帰ってきましたね～。ケイル様の正体を知る貴方とは、できれば会いたくありませんでしたよ」

「……てめぇは、俺とあいつの関係を知ってんのか？」

「そりゃそうですよ～。ケイル様の記憶は今、私が預かっているんですから。……幾つか読み取らせていただきました」

　エレミーは自身の頭を指で突きながら言った。

　代償として預かった記憶は今、エレミーの中にある。そのためエレミーは自在にケイルの記憶を読み取ることができた。

「ケイル様とは計三度、戦っていますよね～？　随分な負けっぷりでしたが、どうして帝国の傭兵なんかやっていたんですか～？」

「ちっ……別に大した理由はねぇよ。適当に旅していたら金がなくなったから、雇われただけだ。今思うと、割に合わねぇ仕事だったぜ」

　アランは嘆息する。

　それから、エレミーに対して怪訝な目を向けた。

「……夜逃げは、事実なのか？」

アランは続けて言う。

「俺はあんまり魔界にいねぇからよ、詳しくはねぇんだが……ヴィネ一族の夜逃げについては不可解な点が多いって聞いているぜ？　確かにヴィネ一族は、ここ数年、落ちぶれていたが……夜逃げするほどではなかったという噂だ」

「……よくもまあ、本人を前にして、落ちぶれていたなんて言えますね」

「事実だろうが」

貴族の次男とは思えない、横柄な態度だった。しかしそれは、家柄に頼ることを止めて手に入れた自由の証でもある。そう考えると、アランの立ち居振る舞いはどこか痛快で羨ましいとすら思えた。

「そんなヴィネ一族の娘が、あの化物を使って……何を企んでいやがる？」

その問いに、エレミーは笑みを消した。

慎重になるべき瞬間だ。言葉を選び、答える。

「私の目的は、親天派の狙いを阻止すること。ただ、それだけですよ～」

「はぁ？　夜逃げした一族が、まだ魔界の勢力争いを気にしてんのかよ」

「『レメゲトン』の効果は世界中に届くんですよ～？　魔界を離れても意味はありません。

落ちぶれたとは言え、反天派の一族として、親天派にはきちんと釘を刺しておくべきでしょう。だから私は、わざわざ魔界に戻ってきたんですよ～」

ベリアル一族はヴィネ一族と同じく、反天派に属している。

当然、目の前にいる男も貴族である以上、『レメゲトン』の存在と、それを取り巻く悪魔たちの派閥について知っていた。

「じゃあ、なんであいつを準眷属にした？　正眷属にして反天派に取り込んだ方が、都合がいいだろ。……実際、準眷属にしたせいで、あいつは少しずつ記憶を取り戻しているんじゃねぇか？」

「まあ、それはその通りなんですが～……」

エレミーは僅かに暗い表情を浮かべる。

「貴方も反天派の一族出身なら、分かるでしょう？　……こんなの、本意じゃないんですよ」

小さな声で、エレミーは告げた。

「誰かの記憶を奪って、意のままに操るなんて……今の私、『レメゲトン』を使っているようなものじゃないですか。こんな方法、本心から望んでいるわけではありません」

「……なら、今すぐにでもあの人間を解放してやればどうだ？」

「目的を果たすまでは、解放するわけにはいきませんよ。ですが、まあ……可能な限り、早く終わらせたいとは思っていますよ～」

溜息交じりにエレミーは言う。

「……まあいい。わざわざ俺がこんなボロ屋敷を訪れたのは、別にそういうことが言いたいからじゃねぇ」

アランは後頭部を軽く掻きながら言った。

「てめぇ——あの人間の力を、知ってるんだな？」

「勿論です。だから眷属にしたんですよ。……偶々、獣人領の近くを通ったら、ケイル様が獣人の王とガチンコで戦っている場面に出くわしまして。……いや～、あれは本当に、心臓が飛び出るような光景でしたね～」

「獣人領……？　ちょっと待て。あいつ、吸血鬼領だけじゃなくて獣人領でも何かしたのか」

「ありゃ？　貴方、そっちは知らなかったんですね～。まあ私も、吸血鬼領の方は、ケイル様の記憶を読み取って初めて知ったことなんですけど」

どうやらお互い、ケイルについて知っている事実が違ったようだ。

しかしどちらも似たようなものだと瞬時に察する。

「……獣人王って、王の中でもかなり強ぇ方だろ。そいつと張り合うって、あいつ……正真正銘の化物だな。……自分が生きていることが不思議に思えてきたぜ」

アランは視線を下げてブツブツと呟いた後、再びエレミーを見た。

「ま、そんだけ分かっているなら問題ねぇと思うが……あの人間の扱いには注意しろよ？　べらべらと話し込んじまったが、言いたかったのはそれだけだ」

「おやおや～？　放蕩息子とは思えない、慎重なご意見ですね～？」

「茶化すな。……下手すると、冗談抜きで魔界がぶっ壊れるぞ」

アランは踵を返す。

去っていくその背中を見て、エレミーは小さく呟いた。

「……肝に銘じておきますよ」

第二章 魅了のシトリー

翌朝。

目を覚ました俺は、食堂でエレミーと共に朝食を摂った。今日は不思議な夢を見ていない。おかげで頭は重たくなかったが、先日から続く疑念は未だに解消できていなかった。

俺は本当にヴィネ一族の悪魔なのか。

エレミーとは何者なのか。

疑念はどんどん膨らんでいる。しかし、その疑念自体も正しいという確証がなかった。所詮は夢で見た記憶だ。違和感なんて漠然としたもので、献身的な従者を過剰に疑っていいものなのか、判断が難しい。

「お口に合いませんでしたか～？」

ふと、対面に座るエレミーが俺に訊いた。

「あまり食事が進んでいないようでしたので」

「……いや、ちょっと考え事をしていただけだ」

「のんびりしたい気持ちは分かりますが、早く食べないと遅刻しちゃいますよ～」

エレミーの忠告に従い、俺は黙々とスープを喉に流し込んだ。

もし、エレミーが俺に害をなす存在ならば……この朝食には毒が含まれていてもおかしくない。しかし今のところそんな様子は全くなかった。ますますエレミーの正体が分からない。

「さあ、ケイル様！　本日も悪魔学校に向かいましょ～！」

「……ああ」

エレミーと共に、屋敷を出て学校に向かう。

幸い、俺の記憶は時間と共に復活しているようだった。なら、このまま時間が過ぎるのを待つだけで、俺の疑念は解消されるだろう。

エレミーが言うには、ライガット＝バアルを倒すことで俺の記憶は元に戻るらしい。

数日前の俺なら「絶対に無理だ！」と言っていた筈だが、序列五位と四位を立て続けに倒したことで、俺の中にも小さな自信が芽生えつつあった。時間が過ぎるのを待つか、それともライガットに挑むか。今のところ、俺にできることはこの二つである。

「……ん？」

赤黒い空を仰ぎ見ながら歩いていると、ふと俺は周囲が騒がしいことに気づいた。

「昨日といい、今日といい……何かあったのか？」

「さぁ？　よく分かりませんが、衛兵さんたちは今日も忙(いそが)しそうですね～」

鎧(よろい)を纏(まと)った悪魔の衛兵たちが忙(せわ)しなく動いている。

耳を澄(す)ませば、彼らの話し声が聞こえた。

「くそ、たった二人の少女にここまで苦戦するとは……！」

「あの二人、どう考えても普通(ふつう)じゃないぞ！　吸血鬼の方はかなり高度な『血舞踏(ブラッディ・アーツ)』が使えるし、獣人の方も『完全獣化(じゅうか)』を使いこなしてやがる！」

「大体、あいつらが引き渡(わた)しを要求している男って誰だよ！」

「名前を叫(さけ)んでいたな。確か、ケイル＝クレイ――」

「――おっと」

唐突(とうとつ)にエレミーが俺の耳を塞(ふさ)ぐ。

おかげで衛兵たちの話し声が聞こえなくなった。

「エレミー？」

「お耳に虫がついていましたので、払(はら)いのけておきましたよ～」

「そうか。……ところで今、俺の名前が聞こえたような」

「家名が違いますから別人ですよ～」

エレミーがニコニコと笑いながら言う。

何か誤魔化されているような気分になったが、俺はそのまま悪魔学校へ向かった。

「おや？　あの方は……」

校門に近づいたところで、エレミーが不思議そうな声を零す。

見れば、門の傍に一人の少女が佇んでいた。紫色の長髪は波のようにうねっており、肌は雪のように白くて透き通るようだ。しかし前髪が長いせいで目元が殆ど隠れており、猫背であることも相まってどこか怪しい雰囲気を醸し出している。風に揺れた前髪の間から、宝石のように美しい真紅の瞳が見えた。目鼻立ちは整っている。

妙に目立つその少女を一瞥して、俺とエレミーは校門を抜けようとした。

直後、少女が俺を見る。

「あ、貴方が……ケイル＝ヴィネ？」

まさか話しかけられるとは思わなかった俺は、反応が遅れてしまった。

「そうだが……」

「わ、私……リリ＝シトリー」

リリ＝シトリー。

その名に聞き覚えのあった俺は、瞬時に意識を切り替えた。

「――序列三位か」

「ひっ⁉」

つい先日、序列四位のアルケル＝ザガンに襲われた俺にとって、自分より上の序列を持つ悪魔は警戒の対象である。

しかし、いつでも戦えるように体勢を整えると、少女は怯えた様子を見せた。

「こ、怖い……そんなに睨まないで……」

「あ……悪い」

「べ、別に、今ここで何かをするわけじゃないから……し、信じて……？　ふひひ……」

害意がないことを示すために笑みを浮かべているのだろう。しかしそれは酷く怪しげなものだった。

見るからに引っ込み思案な少女だ。その様子を見て、俺はすぐに警戒を解く。

「じゃあ、何の用なんだ？」

「そ、その……まずは、お願いしたくて」

お願い？　と首を傾げる俺に、リリは告げた。

「え、えっと……できれば、私に挑戦しないで欲しいの。実は私、あんまり戦いが好きじゃなくて……序列三位にいるのも、家の命令に仕方なく従っているだけで……だ、だからできることなら、貴方とは戦いたくないなぁ……なんて？　ふひひ……」

自虐気味にリリは笑った。

挑戦というのは勿論、序列戦のことだろう。俺だって、できれば平穏な日々を謳歌したいところだが……昨晩、エレミーに言われたことを思い出す。ライガット＝バアルを倒すことで、俺の記憶が本当に戻るのであれば、残念ながら序列戦から手を引くことはできない。

「悪いが、そういうわけにはいかない」

「そ、そう……それは、残念ね。ほ、本当に残念……うぅ」

リリはとても残念そうに俯いた。そこまで残念そうにされると罪悪感を覚えるが、そんな俺の目の前で、リリは手に持っている鞄から一封の封筒を取り出した。

「じゃ、じゃあ、これを……」

そう言ってリリは、俺に封筒を手渡す。

「これは？」

「序列戦の、申込書よ。わ、私の方で、用意しておいたの……ふへへ」

リリは小さな声で言った。

「嫌だけど……本当に嫌だけど……そこに書いてある条件を、貴方が飲んでくれるなら

「……わ、私は、貴方の挑戦を、受けるわ」

物凄く消極的な態度を取られる。

「……今、この場で読んでもいいのか？」

「え、ええ、いいわよ……」

受け取った序列戦の申込書を軽く持ち上げて訊くと、リリは素早く首を縦に振った。

封筒を開き、中の書面を読む。

「ケイル様、どんな内容が書かれているんですか～？」

「あっ」

隣に立つエレミーが、書面を覗き込もうとした時、リリが焦ったような声を発した。

「ま、待って……その、言い忘れていたけど……貴方一人で、読んでちょうだい」

リリの声が尻すぼみになる。

一先ず、言われた通りにエレミーからは距離を取って書面を読んだ。

【ケイル＝ヴィネ様へ、序列戦の申し込みがあります】
日時：８月23日 14時30分
場所：本校舎２階の廊下

挑戦者：リリ＝シトリー（序列3位）

　備考：日時および場所は他言無用であること。

書面の隅には、悪魔学校の押印がされている。どうやら学校はこの書類を正式に受理したようだ。後は俺がこの申し込みを受け入れ、その旨を学校側に伝えれば序列戦は成立となる。

「ちょっと、考えさせてもらってもいいか？　条件は誰にも言わないから」

「え、ええ……こ、ここで待っているわ」

そう言ってリリは、少し離れた場所で待機した。

この場で返事が欲しいらしい。日時は今日の昼過ぎだ。確かに早い方がいいだろう。

「ケイル様、条件はどういったものなんですか～？」

書面を折りたたむと、エレミーが俺に尋ねた。

「条件自体は、そんなにおかしいわけじゃないんだが……意図が分からないな」

日時および場所は他言無用であること。これがリリの指定する条件だった。

正直、脅威には感じない。だからこそ意図が気になってしまうが――。

「エレミー。さっきリリは、条件を飲むなら挑戦を受け入れると言っていたが……俺の方から序列戦を申し込んだら、リリは断れないんじゃないのか？」

「はい、その通りですよ～。序列戦は、格下からの挑戦は拒否できない仕組みですから」

「じゃあ別に、俺がこの条件を飲む必要はないよな……？」

リリに聞こえないよう小声で会話する。

序列戦では、格下からの挑戦は拒否できないが、格上からの挑戦は拒否できるのだ。つまり今回の場合、俺はリリの挑戦を拒否し、それから改めて俺の方で挑戦を申し込めばいい。そうすればリリが提示した条件を飲むことなく、序列戦を行える。

「恐らく、その条件とやらは、リリ様にとって非常に有利なものなのでしょう。だからリリ様は、なんとしてもその条件下で序列戦を行いたい。……逆に、その条件を満たせない場合は敗色濃厚なので、すぐに降参する気なのかもしれませんね～」

「……じゃあ、俺の方から挑戦すれば、不戦勝にできるということか」

「ですがそうなれば、今度はリリ様がケイル様に挑戦を申し込むことができます。そして、ケイル様はそれを拒否できません。……察するに、リリ様は、その条件下では絶対に負けないという自信があるのではないでしょうか～？　一時的に序列が入れ替わっても、後で必ず取り返すことができるから、最初から条件を飲んだ上で戦って欲しいという主張な気がしますね～」

「……成る程」

条件を飲まずに俺が勝ったところで、どうせ後で取り返す。だから本当の意味で勝ちたいなら、条件を飲んだ上で勝負に挑んで欲しい……そう告げているのか。

「リリ様の能力は《魅了》。なんとなく、何がしたいのかは察することができますが……」

エレミーはそこまで言って、ふと俺の顔を見る。

「……ケイル様、本当はもっと強い筈なんですよね～」

「え？」

「いえ、なんでもありません。なんでもありませんが～……ここは敢えて、ノーヒントで挑んでみましょうか。その方が、ケイル様もちゃちゃっと覚醒してくれるかもしれませんし～」

「……さっきから何を言ってるんだ？」

ブツブツと一人で考え事をするエレミーに、俺は首を傾げた。

しかしエレミーは、いつも通りの明るい笑みしか浮かべず、

「というわけで、ケイル様！　折角、向こうから申し込みをしてくれたんですし、この挑戦、受けちゃいましょう!!」

エレミーの言葉に、俺は溜息交じりに頷いた。

元々そのつもりだ。なにせこの勝負、負けたところで俺の序列は変わらない。リリとの序列戦も、回数を重ねることで少しずつ攻略法が分かるかもしれないし、この勝負を受けたところで損はないだろう。

俺は改めて、リリの方を見て言った。

「ええと、そういうわけで……この勝負、受けさせてもらう」

「あ、ありがとう。そ、それじゃあ、私はこれで失礼するわ。……ふ、ふひ、ふひひっ」

リリは最後に怪しい笑みを浮かべてから、俺たちの前から去っていった。

◆

午後二時二十分。

後十分でリリとの序列戦が始まる。俺は戦いの舞台である本校舎の二階へ向かった。今は休み時間であるため、教室から出た生徒たちで廊下がごった返している。すれ違う悪魔たちを一瞥しながら廊下を歩くと、リリの姿を見つけた。

「悪い、待たせたな」

「う、ううん……私も、今来たところだから」

デートの待ち合わせみたいなやり取りだが、これから行われるのは戦いである。

「その……け、今朝、一緒にいたメイドは、一緒じゃないのかしら？」

「ああ。他言無用の条件だったたし、一人で来た」

「そ、そう。……よかった」

リリは安堵に胸を撫で下ろした。

「それより、本当にここで序列戦を始めるのか？　周りに部外者が沢山いるが……」

「だ、大丈夫。……それじゃあ早速、じょ、序列戦を始めるわよ」

「始めるって……」

しかし、困惑する俺を他所に、リリは真っ直ぐ俺を見据える。

場所を変えないと、大勢の生徒を巻き込んでしまいそうだ。

「あ、あの……ケイルは、私の能力を知っているの……？」

リリは今朝会った時と変わらず、おどおどした様子で訊いた。

「《魅了》、だよな。一時的に、誰かを操れるものだと聞いているが……」

「え、ええ。……ところで、その、この廊下……凄く人が多いと思わない？」

「ああ。それはさっきから、思って――」

そこで俺は、ふと気づいた。

リリの声量は小さい。周囲に他の悪魔たちがいると、耳を澄まさなければ聞こえないほどだ。しかし先程から、何故かリリの声が明瞭に聞こえていた。

いつの間にか――廊下にいる全ての生徒たちが、雑談を止めている。

痛いほどの沈黙の中、声を発しているのは俺とリリの二人だけだった。このような状況を作り出す方法があるとすれば――。

「――まさか」

冷や汗を垂らすと同時に、周囲にいた悪魔たちが一斉に俺の方を向く。

油断した。ここにいる悪魔たちは、最初からリリに操られていたのだ。

「も、もう一度、言うわ。……じょ、序列戦を、始めるわね。……ふひひっ」

遠慮気味にリリが笑った直後。

辺りにいた悪魔たちが、一斉に俺へと襲い掛かった。

「ちょ――ちょっと、待てッ!!」

四方八方から襲い掛かる悪魔たちの猛攻を、俺はどうにか避けながらリリを睨んだ。

こちらの視線に気づいたリリが「ひっ!?」と悲鳴を零す。しかし、彼女にそんな態度を取る資格はないような気がした。

「これは、アリなのか？　序列戦なのに、俺たちとは関係のない悪魔を巻き込んで……」

「あ、あれ？　し、知らないの……？　能力の効果が、第三者を必要とするものである場合、協力者を呼んでもいいのよ……？」

初めて聞いた。

横合いから迫る悪魔の拳を避けながら、俺は驚愕する。

「《魅了》は、シトリー一族の正統な能力だし……あ、悪魔学校は、序列戦に関してはかなり寛容だから……こういうことも、許されるのよ」

そう言われると、反論も難しい。

リリは自分の能力を使って戦っているだけだ。そこに悪意はない。

彼女の能力《魅了》が如何に危険なものなのか、俺は今更思い知った。この力を使えば、相手にとって大切な誰かを人質に取ることも容易だろう。序列戦という形式を守ってくれただけでも、まだマシである。

「リリ様の、敵を倒せぇ……」

「倒せぇ……」

悪魔たちが正気を失った様子でこちらに近づく。

俺とリリの間に、あっという間に悪魔たちの壁ができてしまった。

「く、そっ!?」

予想していなかった数で押(お)される展開に、俺は一度リリから距離(きょり)を取った。
見たところ、リリは俺に近づこうとしない。どうやら本人はそこまで強くないようだ。つまり、彼女に近づくことさえできれば活路も開く筈だが……とにかく敵の数が多い。既に何人か倒しているが、教室の方から次々と新たな悪魔がやって来る。

――《疾風槍(ドラグニル)》は使えない。

あの技は殺傷力が高すぎる。リリの能力によって洗脳され、判断力が欠けている悪魔たちにこの技を使うと、重傷を負わせてしまう可能性が高い。

となれば……今の俺にできることは一つしかなかった。

「吹(ふ)き飛べ!!」

ヴィネ一族の力である《狂飆(きょうひょう)》を、掌(てのひら)から放つ。

周囲にいる悪魔たちが一斉に仰(の)け反(ぞ)った。しかし、その背後にいる他の悪魔たちに背中を支えられ、再び俺に向かってくる。

一時的に吹き飛ばしても、これではリリに近づけない。

廊下の狭(せま)さも俺にとっては不利だ。逃(に)げ場(ば)がないため、落ち着く余裕もない。

「こ……降参するなら、早めにお願い……」

どこからかリリの声が聞こえた。

焦燥感が増す俺と違って、随分と余裕綽々だ。思わず歯軋りする。

「どうすれば……」

どうすれば、この状況から抜け出せる――？

今の俺には《狂飆》と《疾風槍》の二つしか手札が存在しない。

何か新しい手が必要だ。

そもそも、ヴィネ一族の力である《狂飆》って……何だ？

いつの間にか馴染んでいる自分の力について、改めて考える。この能力には未だ底知れぬ何かがあるような気がしてならない。

そのまま暴風として放つこともできれば、槍として放つこともできる。

ヴィネ一族の《狂飆》は、想像力次第ではもっと色んなことができる力なのかもしれない。

「……想像力」

考えを口に出す。

頭の中で、《狂飆》の新たな使い方のイメージを組み立てた。

そのイメージの中に――幾つか鮮明なものがある。

それらの技は、まるでかつての俺が使っていたかのように、驚くほど鮮明にイメージできた。技の効果、威力、速度などが、瞬時に思い浮かぶ。

俺はかつて、その力をどのように使っていたのか。

イメージの中にいる自分は、何かを唱えていた。

「……『血舞踏』」

無意識に、そんな言葉を唱える。

頭は覚えていないが、身体が覚えていた。多分これは、かつて俺が使っていた力だ。

掌に集めた《狂飆》を、刃の形にして――。

「――《血閃鎌》」

三日月状の斬撃が、放たれた。

「ふえ――っ？」

リリの唇から奇妙な声がこぼれ落ちる。

放たれた風の斬撃は、悪魔たちの密集地帯をシュルリと縫うように潜り抜け、リリの傍まで迫った。

「ひぁっ⁉」

パン！　と大きな音が響くと同時に、リリが悲鳴をあげる。

辛うじてリリは斬撃を避けたらしい。斬撃はそのまま廊下の柱に命中し、そこに傷跡を残した。

成功した――イメージ通りの技を実現できた。

不思議なことに、初めて使ったような感覚がしない。

「い、今の攻撃(こうげき)は……っ!?」

戸惑(とまど)いの声が聞こえる。

この技なら軌道(きどう)の制御(せいぎょ)が簡単な上、見た目ほど殺傷力も高くない。

――いける。

記憶の空白部分。

そこに眠(ねむ)っているものが、俺に戦い方を教えてくれる。

「『部分獣化』……」

頭の中に、腕(うで)を獣のものに変えている自分のイメージがあった。

それをヴィネ一族の《狂飆》で再現する。

右腕(みぎうで)に、大きな風の手が顕現(けんげん)した。

「な、なに、それ……ヴィネ一族の《狂飆》って、そんなこともできるの……!?」

分からない。

ただ、今の俺に言えることは――きっと今までの経験がなければ、このような技を生み出すことはできなかった。

「吹き、飛べ――――ッ!!」

力一杯、腕を振るう。

鋭い切れ味はいらない。巨大な掌で、迫り来る悪魔たちを強引に押しのける。教室の窓や扉が壊れ、押し出された悪魔たちは次々と廊下から教室へとなだれ込んだ。

この圧倒的な膂力を俺は知っている。

確信があった。――かつて俺は、この力でとんでもない死闘を潜り抜けてきたのだ。だから俺は、この感覚を信じることができる。

「ま、まだよ……」

残り数人の悪魔たちに守られているリリが、言った。

「わ、私の《魅了》は、自分より〝格〟が低い相手にしか通じないけれど……い、異性が相手なら、自分と同等か、それ以上の相手にも通じちゃうの……」

そう言えばエレミーも言っていた。

シトリー一族の《魅了》は、異性に対しては特に効果を発揮すると。

「あ、貴方が、男である時点で……わ、私の勝ちは、揺らがない……っ！」

紫色の髪の間から真紅の瞳が覗いた。

その瞳を見た瞬間、脳が揺れたような気がした。思わず、戦意が消えてしまいそうになるが——すんでのところで耐えてみせる。

「……今のが、《魅了》か？」

軽く頭を触りながら、俺はリリを見据える。

目を見開くリリを見て、確信した。どうやら今のが《魅了》だったらしい。

「だったら——俺には通用しないみたいだな」

頭の違和感は既に消えている。

身体の奥底から自信が溢れ出ていた。今の俺は、負ける気がしない。

「う、嘘……貴方、なんでそんなに、大きな〝格〟を……っ⁉」

リリが怯えた様子で後退る。

すると、周囲にいた悪魔たちが俺の前に立ちはだかった。

「リリ様を、守れぇ……！」

「守れぇ……‼」

迫り来る悪魔たちも、今や脅威に感じない。

「——邪魔だ」

風の腕で、悪魔たちを押しのける。

操られている悪魔たちの数は、残り十人ほど。

「わ、私の《魅了》が、全く通じないなんて……こんなの、初めて……」

前後から悪魔たちが襲い掛かり、挟み撃ちにされる。

俺は前方から来た悪魔を、風の手で後方に投げ飛ばし、背後から迫っていたもう一人の悪魔にぶつけた。二人が呻き声を漏らした瞬間、風の斬撃で吹き飛ばす。

「す、凄い……」

いつの間にかリリは、俺に感心の目を向けていた。

気を抜いたら負けてしまう。リリの変化に構うことなく、俺は残党を次々と倒した。

「か、かっこいい……っ！」

残党を全て倒す。

これでリリを守る悪魔はいなくなった。俺は風の手を維持したまま、リリに歩いて近づき――。

「俺の、勝ちだな」

「……ひゃい」

リリは、何故か頬を赤く染めていた。

◆

「ケイル様～」

決着がついた直後、背後から聞こえたその声に、俺は振り返った。

「エレミー、来ていたのか」

「ええ。途中から見ていましたが……ま～た、規格外な力を使いましたね～」

「規格外？」

「ヴィネ一族の《狂飆》に、先程のケイル様がやったような使い方は本来、ありませんよ～」

「……そうなのか」

薄々そんな気はしていたので、驚きは思ったよりも少なかった。

だがそれが事実なら、俺がヴィネ一族の悪魔ではない可能性が高くなる。なにせ俺は記憶の空白部分にあったイメージから、技を編み出したのだ。それがヴィネ一族のものでなかった以上、かつての俺はヴィネ一族の悪魔としてではなく、他の力で戦っていたのかもしれない。

「あ、あのっ!!」

考え込んでいると、リリが声を掛けてきた。

いつの間にかリリは俺に密着している。それに何やら必死な様子だ。頬は紅潮しており、肌は軽く汗ばんでいる。長い前髪の間から覗く潤んだ瞳は、真っ直ぐ俺の顔を見つめていた。

「ケイル様……！」

「ん？」

「私と結婚してください!!」

上目遣いのまま、興奮気味にそう告げたリリに、俺は暫く思考停止した。

「――は？」

思考が回復しても、マトモな返事をすることができなかった。

リリは無言でこちらを見つめている。

「ちょ、ちょっと待ってくださいね～？　リリ様、どういう意味ですかそれは～？」

エレミーが戸惑いながら訊く。

「じ、実は私……一族の中でも、特に力が強い方で……そ、そのせいで、偶に《魅了》の力が制御できなくなるの。おかげで、異性に迷惑を掛けてしまうことも多いんだけど……」

視線を下げてそう言ったリリは、再び俺の顔を見つめる。

「で、でも……！　貴方は、私の《魅了》を完璧に無効化してみせた……！　い、一位と二位の悪魔ですら、私の力には数秒間、抗えない時があるのに……あ、貴方は一瞬も、私の《魅了》に屈さなかった……！　つ、つまり、貴方こそが、私と本物の愛を育める……唯一の存在!!　私は、貴方と結婚するしかないわ……っ!!」

何やらリリの中では勝手に俺と付き合うことが決定しているようだった。

「な〜に意味の分からないことを言ってるんですか〜？」

エレミーが引き攣った顔で言う。

「ケイル様は忙しい身なんですよ。ですから、貴方とお付き合いする暇なんてありませ〜ん」

「あ、貴方には何も言ってないいんだけど……じゅ、従者の分際で、出しゃばらないで……？」

「あぁん？」

「ひっ!?」

エレミーに睨まれ、リリは悲鳴を上げた。

リリは青褪めた顔で、俺の背中に隠れる。

「ケ、ケケケ、ケイル様⁉　こ、この人……怖い！　絶対、従者じゃない……‼」

「……ちょっと待ってくれ。頭が追いつかなくなってきた」

額に手をやりながら言う。

奇しくも、俺もここ最近エレミーの身分を疑っている。だがそれは今回の件とは全く関係ない筈だ。

「というか、ですね～。さっきからややこしいんですが……ケイル様のことを様付けで呼ぶのは、やめてもらってもいいですか～？　その呼び方が許されるのは私だけですよ～？」

「な、何そのルール……。私、そんなの知らないし……」

リリが不満気にそう言うと、エレミーが眦鋭く睨んだ。

再び悲鳴を漏らして隠れるリリに、俺は溜息を吐く。どうしてこうなった。

「ケイル様。序列戦も済みましたし、さっさとこの場を離れましょう」

「ま、待って。まだ、話は終わってない……！」

不機嫌そうにエレミーが俺の腕を引く。

すると、リリも俺の服を掴んで引き留めようとした。

「ケイル様！」

「ケイル様っ！」

二人の女子生徒に挟まれ、身動きの取れない俺は、何故か懐かしい気分になった。

こういうシチュエーションが、過去にもあったような気がする。その時の俺も、今と同じく複雑な心中だったのだろうか。

その時——遠くで、物音が聞こえた。

「……ギ、ァ」

廊下の隅に倒れていた悪魔の男が、ゆっくりと立ち上がる。

男はどこか正気を失った目で、俺を睨んでいた。

「……倒していない悪魔がいたのか」

「今となっては可哀想ですね～。リリとかいう頭のおかしい女に、いいように操られて……」

「じょ、序列戦が最優先の、悪魔学校なんだから……皆、このくらい覚悟している。わ、私は、自分の能力を正しい方法で使っただけだし……操られた方が悪いわ」

既に決着はついた後だ。戦う必要はない。

きっと混乱しているのだろう。リリと一緒に状況説明をした方がいいか、そんなふうに考えていると——。

「オあァあぁあアァアアアアァアアアァアア——ッッ!!」

男は雄叫びをあげて、俺の方へ走ってきた。

「あ、あれ……？　能力の解除を、忘れてた……？」

迫り来る男のただならぬ様子を見て、リリが疑問の声を発する。

その間にも、男は驚くべき速さで俺たちに接近していた。

「リリ様！　早く能力を解除してください！」

「し、してる……筈、なんだけど……!?　あれ？　あれ……!?」

リリが困惑している。

どうやら間に合いそうにない。俺は両腕を交差させて、男の攻撃を受け止めようとするが、

「ガァ――ッ!!」

振るわれた拳は、想像を遥かに超えるほど重たかった。

「こいつ――ッ!?」

ただ者ではない。

軽く数メートルほど吹き飛んだ俺に、男は脇目も振らずに接近した。

男が右腕を横に伸ばすと、掌の先に大きな岩が現れた。それが男の能力なのだろう。男は焦点が定まっていない目で俺を睨みながら、その腕を払い――巨大な岩が、放たれた。

「《疾風槍(ドラグニル)》――ッ‼」

手加減している場合ではない。

俺は槍を放ち、男の岩を相殺(そうさい)する。しかし男は止まることなく、飛び散った礫(つぶて)に身体を傷つけられながらも更(さら)に肉薄(にくはく)してきた。

「なっ⁉」

次の瞬間(しゅんかん)、男は俺と勝負することは不利と判断したのか、標的をエレミーに変える。

接近したところをカウンターで迎撃(げいげき)するつもりだったので、反応が遅(おく)れた。このままではエレミーを守れない。

万事休(ばんじきゅう)す。

そう思った直後――雷(かみなり)が走った。

「――《雷槍(ランサ)》」

ドン！　と短い轟音(ごうおん)と共に、男の身体が雷に弾かれる。

「危ないところだったな」

廊下の向こうから一人の男がやって来た。

獅子の如き金髪に、銀色の角が特徴的なその男は……。

「……ライガット＝バアル」

序列一位。

現在、最も魔王に近い悪魔であり――いつか俺が倒さねばならない相手だった。

「序列戦が行われていることには気づいていたが……今のはトラブルだろう？　思わず手を出してしまったが、問題はないな？」

「は、はい……」

リリが戸惑いを露わにしながら肯定した。

それからライガットは、俺の方を見る。

「ケイル＝ヴィネか」

どうして俺の名を知っているのか、僅かな動揺が沈黙を生んだ。

その沈黙を、ライガットは肯定と解釈した。

「君の快進撃については私の耳にも入っている。これからも精進したまえ」

「……ありがとうございます」

ライガットは最後に、俺たちの顔を見る。

「今後は気をつけるように」

そう言ってライガットは踵を返した。

空気が弛緩する。……無意識に緊張していたらしい。下手すればリリとの序列戦以上に重圧を感じた。

ライガットが倒した男子生徒を見る。

制服の中心が焼け焦げていた。的確に、鳩尾の辺りを狙ったらしい。

「……圧倒的だな」

「だ、大丈夫ですよ～。ケイル様も、すぐに追いつけますから～」

エレミーが励ましてくれる。しかしその表情は引き攣っていた。

搦め手を得意とするリリとは違って、ライガットはまさに個の強さが目立つ悪魔だ。あれを本当に倒せるのか、今の俺にはまだ自信がない。

「しかし……リリ様も、とんでもない悪魔を支配下に置いていたんですね～。この悪魔を中心に戦略を立てていれば、ケイル様に勝てたのではないですか～？」

エレミーがリリに訊く。

確かに、先程ライガットが倒した悪魔は非常に強かった。この男が前線に出ていれば、俺とリリの序列戦は決着がつくまでもう少し時間がかかったのかもしれない。

しかし、リリは不可解な様子で口を開く。

「さ、さっき暴れた悪魔は……あんなに強く、なかった筈よ」

「……どういう意味ですか～？」

「あ、あの悪魔は、他の生徒と同じ……普通の実力しかなかった筈。《魅了》を使った時、相手の〝格〟が分かるから……間違いない」

リリの言葉に、俺とエレミーは首を傾げた。

「じゃあ、なんでこの男は……あんなに強かったんだ？」

その問いに答える者は、誰もいなかった。

◇

「ライガット」

廊下を歩くライガットに、何者かが背後から声を掛けた。

ライガットは金色の長髪を揺らしながら振り返る。

そこに立っていたのは、牛の角を生やした男だった。

「……ガシャス＝バラム」

名を呼ぶと、ガシャスは小さく唇で弧を描いた。

ガシャスは数年前に悪魔学校を卒業した男だが、現役の生徒たちにもそこそこ名を知られている。何故なら、バラム一族は悪魔族の宰相として代々魔王を補佐しているのだ。現役の生徒たちにとって、ガシャスは「いずれ自分を補佐してくれるかもしれない相手」である。

ガシャスもそんな自らの立場を理解しているのか、卒業生という肩書きを利用して度々悪魔学校を訪問していた。

ガシャスは、悪魔社会では珍しい穏やかな心根の持ち主としても有名だ。

ケイルが背負うべきヴィネ一族の借金を肩代わりしたという話も、既に広まっている。

「私が何故、声を掛けたのかは理解しているだろう」

ガシャスは、真剣な眼差しで告げた。

「どうしてあの男を――ケイル＝ヴィネを助けた？」

「……別に彼を助けたわけではない。あのままだと他の生徒にも被害が生じたから、止めただけだ」

ライガットは視線を逸らし、誤魔化すように言った。

ガシャスが訝しむような目でライガットを見る。その面持ちは、とても穏やかな心根の持ち主とは思えないほど険しかった。

「ガシャス、私からも質問がある。……何故、私以外がグノーシスを所持している」

「あれはただの実験だ。……以前、貴様にも話しただろう。グノーシスは〝格〟が高い亜人でなければ使用できない。しかし、それでは不便だと思ってね。私なりに改良した上で、適当な生徒に服用させてみたんだが……見ての通り失敗だ。理性が消滅してしまった」

「……たかが実験のためだけに、何の罪もない生徒を利用したのか」

「実験のためだけではない。序列戦という機会を利用して、あわよくばケイル＝ヴィネを潰すつもりだった。……一石二鳥を狙っていたのだよ。まあ結果はどちらも失敗に終わったわけだが」

失敗と口にしたガシャスだったが、その様子はどこか楽しそうだった。

実験の成否以前に、実験すること自体に楽しみを見出しているのだろう。

「お前が、ヴィネ一族の借金を肩代わりしなければ、ケイル＝ヴィネが悪魔学校に入学することもなかった。……このような事態も避けられた筈だ」

「過ぎたことを言うのはよしてくれ。ヴィネ一族の復興に助力したのは、細やかな善意のつもりだったが……まさかその跡取りが、ここまで化けるとはな。私も後悔しているよ。……このタイミングで、肩代わりした分をケイル＝ヴィネに請求しても怪しまれるだけだろうし、今更どうにもならん」

ガシャスが溜息交じりに言う。

「そろそろ君も、ストックがなくなる頃だろう。少し早いが、今月の分を渡しておこう」

ガシャスが懐から何かを取り出して言う。

それは青い錠剤だった。ガシャスは透明な袋に詰められた錠剤を、ライガットに見せる。

ライガットは、苦虫を噛み潰したような顔でその錠剤を睨んだ。

「どうした？　受け取らんのか？」

「やはり、私は…………」

震える声でライガットが何かを言おうとする。

その時、ガシャスは眦鋭くライガットを睨んだ。

「いいのか？　ライガット＝バアル」

脅すような声音で、ガシャスは告げる。

「ケイル＝ヴィネの飛躍的な成長は目の当たりにしただろう？　あれは、貴様と同じく王、の器を宿している」

ライガットは無言を貫いた。

無視しているわけではない。ただ、ガシャスの発言が事実だと認めているからこそ沈黙していた。

「もし、ケイル＝ヴィネがこのまま成長すれば……君の立場はどうなるだろうね」

「──っ」

ライガットの脳裏に、これまで投げかけられた様々な言葉が過ぎる。

次代の魔王。多くの悪魔が自分のことをそう呼ぶ。赤の他人だけでなく、親友だった者も、家族も……ありとあらゆる悪魔が期待の眼差しを自分に注いでいる。

耐え難い重圧が背中にのし掛かった。

その重圧から逃げるように、ライガットは錠剤を乱暴に受け取る。

すると、ガシャスは嫌らしく笑った。

「それでこそ、次期魔王と名高い御方」

「黙れ……っ！」

ライガットは強く歯軋りしながら立ち去った。

第三章 ― レベル

リリとの序列戦を行った翌日。

いつも通り悪魔学校に登校すると、校門の前でリリと遭遇した。

「あ……っ！　ケ、ケイル様！　お、おはようございます！」

俺の存在に気づいたリリは深々とお辞儀した。

紫色の長髪がふわりと揺れる。女子生徒にしては背の高いリリが腰を折ったことで、生徒たちの視線が集まった。

「おはよう、リリ。……なんでここに？」

「そ、それは勿論、ケイル様とご一緒に登校したくて……！」

「一緒に登校って……もう学校に着いているが」

「きょ、教室まででいいので！　ゆ、ゆっくり、歩いていただければ、嬉しいです。……ふへへ」

ご満悦そうに、リリはふにゃりと柔らかい笑みを浮かべた。

反応に困る。……複雑な顔をしていると、隣に佇むエレミーが唇を尖らせた。

「気色悪い女ですね～」

エレミーが小さな声で呟いた。

「ケ、ケイル様は……もっと、上を目指すんですか？」

リリが訊く。

問いの意味が分からず首を傾げると、リリは補足するように告げた。

「じょ、序列……もっと、上げたいのかなぁ、と、思いまして」

「……ああ」

納得の「ああ」でもあり、肯定の「ああ」でもあった。

勿論、序列は上げるつもりだ。今の俺は、リリを倒したことで序列三位となっている。

「次は二位か。……いよいよ、大詰めという感じだな」

「ですね～」

呟くと、エレミーが相槌を打った。

「リリ様。序列二位のウォレン＝ベリアル様について、教えていただいてもよろしいですか～？」

エレミーが訊く。

するとリリは眉間に皺を寄せ、

「じゅ、従者が、気安く話しかけないで……」

「あぁん？」

「ひっ⁉」

エレミーが凄むと、リリは怯えた様子で俺の背中に隠れた。

「ケ、ケイル様！　こ、この従者、絶対変えた方がいい……！　こんなの、メイドじゃなくてただの不良……！」

「……いや、今のはリリが悪いと思うけど」

リリは中々、難儀な性格をしている。

恐ろしいなら余計なちょっかいを出さなければいいのに……。

しかし……エレミーの、俺以外に対する態度はちょっと新鮮だった。今まで俺とエレミーは二人きりで会話することが多かったため、あまり考えたこともなかったが、エレミーの普段の言葉使いはもっと厳しいものなのかもしれない。

「リリ、俺からも頼む。序列二位について教えてくれないか？」

「ケ、ケイル様の頼みなら……従い、ます」

リリが素直に頷くと、エレミーが「けっ！」と不機嫌そうな顔をした。

「じょ、序列二位の名前は、ウォレン＝ベリアル。一位のライガット＝バアルと同じ、三年生で……彼は今、学校に来ていない」

「学校に来ていない？」

ウォレン＝ベリアルについては、序列四位との場外戦に勝利した後、エレミーの口から説明を受けている。

しかし、学校に来ていないというのはどういう意味だろうか。

「い、いわゆる不登校で……私も、一度しか見たことがない」

「ええ……」

序列戦とは関係のないところで驚きだ。

俺はまだあまり実感していないが、序列上位は悪魔学校において魅力的なステータスである。その地位を持っているだけで、随分と居心地がよくなるだろう。

ウォレン＝ベリアルは、ライガット＝バアルに続く実力者であるにも拘わらず、その地位によるメリットを一切享受していないようだ。……いや、もしかすると二位だからこそ不登校が罷り通っているのかもしれない。

「リリは、そのウォレン＝ベリアルと戦ったことがあるのか？」

「な、ないです。どう見ても、勝ち目がないので……」

小さな声で、リリは続ける。

「ウォ、ウォレン＝ベリアルは、一年ほど前に序列戦を受けたことがあります。その結果……対戦相手は、酷い重傷を負って、退学してしまいました」

「退学って……そこまでしたのか」

「は、はい。それはもう、熾烈で……恐ろしい戦いでした。に、二年生以上の生徒はその戦いを知っていますので……以来、誰もウォレン＝ベリアルに序列戦を申し込んでいません。……こ、この一年間、一位と二位は不動です」

怯えた様子で語るリリに、俺も緊張した。

「……ウォレン＝ベリアルも、バアルと同じく別格ということだな」

「そ、そういうことに、なります。さ、三位と二位の間には、大きな差があると、よく言われてましたね……」

リリは視線を下げながら言った。

よほど恐ろしい悪魔なのだろう。話題にすること自体、抵抗があるようだ。

――だが、挑まなければならない。

俺はなんとしてでも、序列一位にならなくてはならないのだ。

魔王になるため？　……否。

記憶を、取り戻すために。

「ウォレンに、序列戦を申し込もうと思う」

「さ、流石、ケイル様……っ！」

「流石ですね、ケイル様～！」

持ち上げてくるなぁ、この二人……。

どちらも純粋な応援かもしれないが、少々居心地が悪い。

「ただ、相手が学校に来ていない場合、序列戦はどうやって申し込めばいいんだ？」

「ふ、普通に申し込んでも問題ないです。ただ、その場合だと返事が遅くなるかもしれないので……確実なのは、ちょ、直接やり取りをすることだと、思います」

序列戦を始めるには、どのみち悪魔学校の承認が必要だ。

つまり、申込書を直接手渡して、ウォレンの記入を確認してから俺が学校に提出すればいいということか。

「ウォレンは何処にいるんだ？」

「あ……そ、それは、私も知りません」

その質問は想定外だったと言わんばかりに、リリは沈黙した。

「けっ、肝心なところで使えない奴ですね～」

「……じゅ、従者なのに、口が悪いって、致命的(ちめいてき)だと思う」

「貴女(あなた)に対してだけですけど～～～？」

「ひぃっ!?」

エレミーが鋭く睨むと、リリが怯える。

なんだかんだ二人は仲がいいのかもしれない。

「ケイル様～、ご提案があります～」

エレミーが俺の顔を見つめながら言った。

「案内人を用意しては如何(いかが)でしょうか～？」

「用意って言われても……誰に頼めばいいんだ？」

「うってつけの方がいるじゃないですか～。ほら、ケイル様もよく知っている筈(はず)ですよ～？」

エレミーはそう言うが、心当たりはない。

暫く悩(なや)んでいると、エレミーが得意気な笑みを浮かべながら答えを教えてくれた。

「ベリアル一族の、放蕩息子(ほうとうむすこ)ですよ～」

「うおっ⁉　化物⁉」

「……その呼び方、やめてくれないか」

その日の放課後。

俺たちは校門前で、序列二位ウォレン＝ベリアルの弟である、アラン＝ベリアルと対峙した。

「アラン様、お久しぶりですね～。ちょっとお話いいですか～？」

「何が『いいですか～？』だ。待ち伏せしやがって……どうせ逃がす気ねぇんだろうが」

「話が早くて助かりますね～」

エレミーがにっこりと微笑む。

その先は俺が言うべきだろう。一歩前に出て、アランを見据えながら口を開いた。

「ウォレン＝ベリアルに序列戦を申し込みたい。直接、申込書を渡したいから、案内してくれないか？」

「いいぜ」

その要求に、アランは僅かに目を丸くしたが、すぐに元の様子に戻った。

「……いいのか？」

「あ？　何が疑問なんだよ？」

「いや……素直に受け入れられるとは、思わなかったから」

戸惑いながら言うと、アランは後ろ髪を掻きながら溜息を吐いた。

「あのなぁ……お前、ちょっとは周りを見たらどうだ？」

溜息交じりに告げるアラン。

その言葉に従い、周囲を見回すと……いつの間にか多くの生徒たちが足を止め、俺たちに注目していた。

俺たち……というより、俺に注目しているのか？

「つい先日までピッカピカの新入生だった筈の男が、この短期間であっという間に序列三位になってんだぞ？　一桁台に入る時点で規格外だってのに、それだけでは飽き足らず、次々と順位を上げやがって。……皆、お前がここで立ち止まるとは微塵も思っちゃいねぇんだよ。俺も含めてな」

どうりで皆、期待の眼差しを注いでくるわけだ。

俺が序列三位で満足し、戦いを止めるとは露程も思っていないのだろう。

「ついて来い。ちょっと遠いから、暫く歩くぞ」

そう言ってアランは案内を開始した。

しかし、ついて来る俺たちの顔を見て、アランは一度足を止める。

「そこの従者は分かるが……なんでリリ＝シトリーまで一緒に来てんだよ？」

当然のように、この場にはリリがいた。

アランの問いに、リリはどこか恍惚とした表情で、

「お、夫に付き添うのは、妻の役目……」

「夫⁉　はぁ⁉　てめぇら、そんな関係だったのか⁉」

「違う」

「違いますよ～」

誤解を招きそうだったので、俺とエレミーがほぼ同時に否定した。

「い、今は違っても、いずれ夫婦に……！」

「ならない」

と、思うが……。

友人や恋人という順序を纏めてすっ飛ばしているような気がする。

「女の趣味が悪ぃと思ったが……そういうわけじゃねぇのか」

「趣味が悪い？　リリは普通に、美人だと思うが」

そう言うと、リリが凄く嬉しそうな顔をした。

それだけで済ましておけばよかったのに、リリは勝ち誇った笑みを浮かべてエレミーを挑発した。その挑発に乗ったエレミーが、リリの髪を引っ張る。

俺とアランは、争う少女たちから無言で距離を取った。

「悪魔の男ってのはな、勝ち気で強ぇ女に惚れるんだよ。……まあ、人間の感性ならリリは人気かもな。背は高ぇが、見た目だけはお淑やかだし……」

「え、えっと、ごめんなさい。私……貴方のこと、タイプじゃないわ」

「こっちの台詞だクソアマ!!」

申し訳なさそうに言うリリに、アランは苛立ちを露わにした。

適当な会話を挟みつつ、悪魔学校を離れて街に出る。

様々な姿形の悪魔が行き交う光景を目の当たりにして、俺はつい「おぉ」と声を漏らした。

「キョロキョロすんじゃねぇ。初めて都会に来た田舎者かよ」

「いや……実際、通学路以外を歩くのは初めてだからな」

「は？」

目を丸くして驚くアランに、エレミーが説明した。

「ケイル様は、学校に入学するまではずっとお屋敷で過ごしていましたからね～」

「なんだそりゃ？　軟禁じゃねぇか」

「軟禁とは失敬な。記憶喪失だったので、迂闊に外出できなかったんですよ～」

エレミーの説明を聞いたアランは「なんか哀れになってきたぜ」と呟いた。

今となっては、その記憶喪失すら本当なのか怪しい。……エレミーは、俺が序列一位になると記憶が元に戻ると言っていた。どう考えても、ただの記憶喪失ではない。何か、事件性のようなものを感じる。

街を歩いていると、幾つもの露店が目に入った。

食べ物や日用品の他、土産など色んなものが売られているが……特に多いのは、照明を専門に取り扱っている不思議な家具店だった。

「随分と、灯りが売っているな」

「魔界は見ての通り、暗いですからね～。太陽があんな色ですし……だから灯りの類いがよく売れるんですよ～」

エレミーの説明を聞きながら、空を仰ぎ見る。

赤く禍々しい空。その中心にあるのは、黒い太陽だった。真っ黒に染まっているというより、日食のように輪郭の部分から仄かに白い光が漏れている。

「ん……？」

ふと、俺は疑問を抱く。

妙に沢山の話し声が聞こえるような気がした。

「なんか、騒がしくないか？」

「そりゃお前のせいだろ」

アランが溜息交じりに答える。

言葉の意味が分からず、首を傾げる俺の耳に、通行人たちの声が届いた。

「見て！　あの角……ヴィネ一族よ！」

「あら、じゃあああの方がケイル＝ヴィネ様!?」

……様？

「悪魔学校に入学して、僅か一週間で序列三位まで上がった天才よ……っ！」

「次の魔王はライガット様だと思っていたけど、あいつかもしれねぇなぁ」

「い、今のうちにツバつけといた方がいいかしら……」

「うちの店に寄ってくれねぇかな……いい宣伝になるのに」

どうやらアランの言う通り、騒がしさの原因は本当に俺だったようだ。

「メスどもめ……ケイル様に、なんて無礼な発言を……」

「貴女も同類だと思いますよ～？」

殺意を張らせるリリに、エレミーが引き攣った顔で言った。

「……先を急ごう」

居心地の悪い空気を感じ、早足になる。

噂しているのは学生ではなく大人たちだった。どうして彼らが学校のことを知っているのか気になったが、序列は魔王と関係する制度であるため、よく考えれば学外でも注目されているのは当然である。

「いや～。人気者でしたね～、ケイル様」

落ち着いた場所に出たところで、エレミーがニヤニヤと笑みを浮かべる。

他人事だと思って……正直、あの注目はむず痒い。

「……おい」

「ん？」

不意に、アランから声を掛けられ、俺は首を傾げた。

「……てめぇ、本当に記憶がなくなったのか？」

神妙な面持ちでアランは訊く。

その様子に、俺は一つの確信を抱いた。

「やっぱり、お前は俺のことを知っているんだな」

「へっ、仮に知っていたとしても、てめぇには何も教え――――お、お、お、おい？　なんでそんな殺気全開にして睨むんだよ？　や、やんのか、てめぇ……っ！」

「……なんかお前を見ていると、腹が立つんだよな」

まるで、大切な人を傷つけられたかのような怒りが腹の底から湧いてくる。

「何かあったとしても、時効にしてくれよ。現にこうやって協力してやってんだろうが」

その反応からして、やはり俺とこの男には何らかの繋がりがあったのだろう。

だが、どのみち今はこの男の案内が欲しい。今は俺もこれ以上の詮索はしないでおく。

「ここだ」

アランが目的地への到着を告げる。

辿り着いたのは、郊外にある木造の小屋だった。

「ちょっと待ってろ。今、兄貴を呼んでくる」

◆

アランがポケットの中から鍵を取り出し、小屋の扉を開ける。

そのままアランが小屋に入り、数分が経過した頃。

唐突に、扉が開き――その向こうから、炎が飛来した。

「ッ⁉」

灼熱の矢が迫り、俺は驚愕しつつも嵐でそれを吹き飛ばす。

激しい衝撃波が全方位に放たれ、エレミーとリリの小さな悲鳴が聞こえた。

パラパラと火の粉が舞い散る中、扉の向こうから誰かがやって来る。

「……こいつか」

微かに呟いたその男は、肉食獣の如き獰猛な双眸で俺を睨んだ。

黒い髪に金色の瞳。そして短い角。アランをそのまま成長させたような姿だが、その体躯はアランよりも筋骨隆々で、何より瞳の鋭さが一線を画していた。睨み合うだけで、足が竦んでしまうほどの迫力を感じる。

この男が、序列二位……ウォレン＝ベリアルだろう。

オーラとでも言えばいいのか。この男からは、迂闊に近づけない威厳を感じる。

「お前だろ？　俺に、序列戦を申し込みてぇって奴は」

「あ、ああ……」

肯定すると、次の瞬間――眼前に巨大な炎の塊が現れた。

「凌いでみせろ」

「な――っ!?」

突如、放たれた炎の塊に、俺は目を見開く。

驚いている暇はない。すぐに対処しなければ、あっという間に燃やされてしまう。

――『部分獣化』！

右手を横に広げ、肘から先に嵐を纏わせた。

自身の腕が拡張されたような感触と共に、腕を力強く横に薙ぐ。

迫り来る炎塊を、周囲の大気ごと弾き飛ばした。

「風の爪……？　ヴィネ一族の《狂飆》ってのは、そんなこともできんのか」

ウォレンが、僅かに驚いた様子で呟く。

そのまま、俺のことをまじまじと見つめたウォレンは、

「いいだろう。入れ」

そう言ってウォレンは小屋の中に戻った。

エレミーたちと顔を見合わせる。今のは……俺の実力を確かめたかったのだろうか？

警戒心を抱きながら、俺たちは小屋の中に入った。

小屋はそれほど広いわけではなく、部屋はリビングを含めて三つしかない。内装も最低限の家具および調度品しか存在せず、殺風景に感じる。

生活感もあまりない。脱ぎ捨てられた着替えなど、一応寝泊まりしている痕跡はあるが、どちらかと言えば一時的に利用している仮宿のような雰囲気だ。

ウォレンは革張りのソファにどっかりと腰を下ろし、目の前にあるローテーブルの上に足を載せた。

「もてなす気はねぇぞ。寛がれても困るからな」

そう言ってウォレンは、俺にソファへ座るよう無言で促した。

俺はウォレンの対面にある黒いソファに、ゆっくりと腰を下ろす。

「序列二位、ウォレン＝ベリアルだ」

「……ケイル＝ヴィネ。序列三位だ」

お互い、相手の名と序列は既に知っていた。

最低限の形式的な挨拶を済ませたウォレンは、眦鋭く俺を睨む。

「てめぇ、なんで序列を上げてぇんだ？」

「……え？」

「ちやほやされたいだけなら、三位でも十分だろうが。俺に序列戦を挑んで、てめぇは何がしてぇ？」

何がしたい、と訊かれると……返答に窮する。

当初はヴィネ一族の跡取りとして、魔王を目指すつもりだった。だが今は違う。失った記憶を徐々に思い出しつつある今、俺は自身の境遇に疑問を抱いていた。

俺は本当に、ヴィネ一族の悪魔なのだろうか？

その疑問が晴れない限り、魔王を目指すつもりはない。

だから今、俺が序列戦を申し込んでいる理由は、偏に俺の記憶を取り戻すためである。

現在、序列一位の悪魔であるライガット＝バアル。あの男を倒せば記憶が戻ると、エレミーが言ってくれたから……。

「それは――」

「そんなの、魔王になるために決まっているじゃないですか～！」

俺が答えようとすると、遮るようにエレミーが答えた。

建前の回答を述べるエレミーに違和感を覚える。まるで俺の境遇を、他の誰かに伝えたくないといった様子だ。

「なれると思ってんのか？」

ウォレンはドスの利いた声で言った。

「あの、ライガット＝バアルをぶっ倒せると、本気で思ってんのか？」

その問いに、俺は即答することができなかった。

分からない……それが本音だ。ライガットとの力量差はつい先日痛感したばかりだが、あれが全力ではない気がする。多分ライガットは、俺が予想している以上に強いのだろう。

しかし一方で、俺もまた自分の能力について疑念があった。

不思議なことに、俺もまだやれる気がするのだ。だから、俺とライガットの勝敗は、色んな意味で予想がつかない。

「ケ、ケイル様のことを、何も知らないくせに……」

その時、リリが震えた声でボソリと告げた。

「誰だ、てめぇ」

「ひ、ひぃっ⁉　ごご、ごめんなさい……ぶたないで……っ！」

「いや……名前訊いてるだけだろうが」

想像以上の怯えっぷりに、ウォレンが若干困惑した。

身構えていたリリは、落ち着きを取り戻し、自己紹介する。

「リ、リリ＝シトリー……元序列三位よ」

「……ああ。つい先日まで俺の下にいた、シトリー一族の女か」

流石にリリのことは知っているみたいだ。

新顔の俺と違って、リリはそれなりに長い間、序列三位の座に君臨していたらしい。知っているのも当然である。

「シトリー一族の力は《魅了(みりょう)》だったか。……正直、てめぇの方がライガットに勝つ可能性はあったぜ。正面からぶつかる必要がないからな」

「で、でも……ケイル様は、そんな私をあっさり倒してみせたわ」

リリの言葉に、ウォレンは目を細めた。

一理ある、とでも思ったのだろうか。

「兄貴」

ふと、アランが口を開いた。

ソファに座ることもなく、傍(そば)でじっと話を聞いていたアランは、神妙な面持ちで告げる。

「こんなこと言いたかねぇが……この男なら、本当にライガット＝バアルをぶっ倒せるかもしれねぇぜ」

そんなアランの言葉を聞いて、ウォレンは……小さく笑う。

「はっ、無理に決まってんだろ」

どこか苛立たしげに、ウォレンは言う。

「あいつは──ズルしてるからな」

「……ズル？」

訊き返すと、ウォレンは舌打ちした。

つい口が滑ってしまったとでも言いたげな様子だ。

「……元々、俺とライガットは競争していた」

ウォレンは後ろ髪をがしがしと掻きながら語り出す。

「一年生の頃から、俺とあいつは周りから別格扱いだった。俺はライガットの実力を認めていたし、ライガットも俺の実力は認めていた。仲がよかったわけじゃねぇが……切磋琢磨する間柄だったのは間違いねぇ」

どうやら、ウォレンはライガットと縁があるようだった。

かつての記憶を語るウォレンの顔は、どこか穏やかだ。口調は厳しいが、ウォレンにとっては楽しかった日々なのだろう。

「当時からライガットは強かった。切磋琢磨とは言ったが、ぶっちゃけ俺が勝ったことは一度もねぇ。ただ、その差は少しずつ狭まっていた。アイツの強さは紛れもなく本物だが、決して手の届かねぇ領域ではなかったんだ。……だが、ある日を境に、ライガットは桁違いに強くなった」

ウォレンは唇を噛み、続けて語る。

「ただでさえ天才だったんだ。そいつが更に急成長した結果、俺はあいつに完全敗北した。

まさか、傷一つつけられなくなるとはな……最初は死ぬほど悔しかったぜ。一体どうやったら、そんなに強くなれるんだと思ったさ。……だが、時が経つにつれてどうにもおかしいことに気がついた」

ウォレンは拳を握り締めて言う。

「あいつの強さには、ばらつきがある」

「ばらつき?」

「調子の波が激し過ぎるんだ。波に乗っている時は次元が違うほど強ぇのに……そうじゃない時は、以前よりも遥かに弱くなっていやがる」

弱くなっているとは、奇妙な話だ。

不可解な顔をする俺に、ウォレンはすぐに話を再開した。

「気になった俺は、暫くあいつの後を付けてみた。そして……発覚した」

ウォレンは、感情を押し殺したような声で告げる。

「あいつは……何かを使っていやがる」

恐らくその時の光景を思い出しているのだろう。

ウォレンは、険しい顔つきで語った。

「あいつは定期的に、妙なものを飲むんだ。青い……錠剤のようなものだ。以前はそんなもの飲んでいなかった。念のため学校側にも確認したが、何らかの病が発症したというわけでもねぇ。ありゃあいわゆる、ドーピングだ」

　ウォレンは眉間に皺を寄せながら言った。

「試しに一度、錠剤を飲む前のあいつに不意打ちをかましてやったことがある。すると案の定、あいつは弱かった。序列戦の最中なら間違いなく防げた一撃だったが、あいつは防ぐどころか反応すらできなかったんだ」

　つまり、ライガットの調子の良し悪しは、薬を使っているかどうかだったということだ。それなら辻褄も合うが……。

「でも……飲むだけで強くなれる薬なんてあるのか？」

「あるんだから仕方ねぇ。……身体能力は変化していなかったから、恐らくあの薬は、悪魔の能力を強化するものだ。或いは、亜人の種族特性そのものを強化しているのかもな」

　亜人の種族特性を強化する薬。

　その存在を頭の中で思い浮かべた瞬間、ズキリと頭痛がした。

　妙な感覚だ。何か、心当たりがあるような気もするが……記憶に靄が掛かっているせいで正体が分からない。

「……グノーシス」

　その時、エレミーが小声で何かを呟いた。

　上手く聞き取れなかったので、エレミーの顔を見る。すると彼女は何事もなかったかのように笑みを浮かべながら小首を傾げた。

　気のせいか？

　何かを呟いたかのように、聞こえたが……。

「まあ、そんなわけで……あいつが、そんなもんに頼っているのを知ってしまった俺は、急に何もかもがどうでもよくなっちまってな。別に俺は、そんなことをしてまで魔王の座が欲しいわけじゃねぇし……ライガット＝バアルが序列一位の座にいる間は、序列戦なんて無意味だ。そう思うようになった」

「……だから、学校にも来なくなったのか」

「ああ。元々、序列戦のためだけに通っていたようなもんだ。……唯一、興味のあった相手も、今やすっかり落ちぶれちまったしな」

　その興味のあった相手とは、ライガットのことなのだろう。

　切磋琢磨していた好敵手が、下らない力に手を出してしまったのだ。ウォレンの心中は想像に難くない。

「ライガット＝バアルは、どうしてそんなものに手を出したんだ？」

「さぁな。……だが、はっきりと言えることはある」

語気強く、ウォレンは告げる。

「あいつは、落ちぶれた力に手を出すような、ヤワな男じゃねぇ。それでも狂っちまったということは――誰かに誑かされたんだ」

黒幕がいる可能性を、ウォレンは示唆した。

全てを語り終えた後、ウォレンは小さく呼気を吐く。

「話は以上だ。……ケイル＝ヴィネ。悪いことは言わねぇから、序列戦からは暫く距離を置け。どうせ俺もライガットも、あと一年で学校を卒業するんだ。そうなりゃ自動的に、てめぇが一位になるだろ」

確かにウォレンの言う通りだ。

ライガットが本当に妙な薬を手にしているのだとしたら、そのような怪しいモノとはできるだけ関わらない方がいい。

しかし、ウォレンの言葉に従うと……俺は一年間、待たなければならない。

失った記憶も、一年間放置されたままだ。

「……それは、できない」

エレミーを一瞥すると、彼女は小さく首を縦に振った。

ヴィネ一族の大願は、反天派の代表として、天使族が所有する『レメゲトン』を奪い取ることだ。そしてそれを実現するためにも、ライガットを序列一位で卒業させてはならない。ライガットが魔王になれば、悪魔は天使に傅くことになる。そうなれば天使族に攻め入る機会も失われてしまうだろう。

正直、ヴィネ一族の大願なんてあまり気にしていない。

ただ俺は……ヴィネ一族の跡取りとして、ライガットを倒さなければ、記憶を取り戻せないのだ。

「俺は、ライガットを倒したい」

私欲塗れの願望だが、その思いは本物だった。

決意を込めて告げると、ウォレンは不敵な笑みを浮かべる。

「そうか。……なら、まずは俺と戦うってことだな」

そう言って、ウォレンは俺を睨んだ。

「ライガットの話ばっかりしちまったが――俺も強ぇぜ？」

ゴウッ、と暴風が吹き荒れたような気がした。

その実態は――殺気。

全身の肌が粟立つ。この男は、今まで戦ってきたどの悪魔よりも間違いなく強かった。

「序列戦、受けてやるよ」

序列二位、ウォレン＝ベリアルは、獰猛な笑みを浮かべた。

ケイルがウォレンと序列戦の約束を取り付けた後。

一同はウォレンの小屋を出て、それぞれ帰路に着こうとした。

「おい、ちょっと待て」

ケイル、リリに続いてエレミーが小屋を出ようとした時、ウォレンが呼び止める。

「そこのメイド……エレミーっつったか。てめぇは残れ」

「……はい？」

名指しされたエレミーは、不思議そうに首を傾げた。

先に小屋を出たケイルとリリが、訝しむような目でウォレンを見る。

「てめぇらは先に帰ってろ。……心配すんな。ちょっと話があるだけだ」

ウォレンは軽く舌打ちして、ケイルたちに言った。

ケイルはまだウォレンのことを訝しんでいたが、渋々頷いて立ち去る。

ウォレンは恐ろしい悪魔だが、信用できない相手ではない。下級生であるケイルに、ライガットの不正について説明したことから、義理堅い性格をしていることが窺える。ドーピングを良しとせず、己の力のみで序列戦に臨むべきであるという彼の思想も共感できた。

小屋の扉が閉められる。

エレミーは改めて、ウォレンと相対した。

「ええと……いきなり何ですか、話って？　生憎ナンパはお断り――」

場を和ますための適当なジョーク。

それを口にしようとした直後、エレミーの眼前から炎塊が飛来した。

「――ッ」

真紅の炎が迫る中、エレミーは瞬時に掌を前に向けた。

掌を中心に大きな旋風が生まれる。荒れ狂う炎を、吹き荒ぶ風が相殺した。

白黒のメイド服が翻る。

家具も調度品も吹き飛び、部屋はあっという間にめちゃくちゃに破壊された。

「はっ！　やっぱり、てめぇがヴィネか」

ひび割れた床や壁のことなどは一切意に介さず、ウォレンが笑う。

好戦的な笑みを浮かべるその男に、エレミーは鋭利な視線を注いだ。

「……どうして気づいたんですか？」

「家に入れる前に、俺がケイルを攻撃した時……てめぇも反撃しようとしていただろ？　反射的に身構えちまったんだろうが、その姿が他のヴィネ一族の悪魔とダブったんだよ」

ちっ、とエレミーは舌打ちした。

よく見ている――確かに自分はあの時、反撃に出るべきか迷った。ケイルの陰に隠れていたためバレていないと高を括っていたが、ウォレンは気づいていたらしい。

「表向き、ヴィネ一族は夜逃げしたことになっているみてぇだが……そんなわけがねぇ。てめぇら一族は強かった筈だ。出稼ぎでもすりゃあ、簡単に大金が手に入るだろうが」

兄といい弟といい、こうも正体を悟られると嫌気が差す。

エレミーは深く溜息を吐いた。

「強いと言っても、私は大したことありませんよ～」

「はっ！　よく言うぜ。てめぇならそこそこいい序列も手に入んだろ！」

「……そこそこ止まりですよ」

エレミーは先程までの陽気な態度を改め、静かに告げる。

「私では……レベル2に到達できませんから」

「……そうかい。そりゃあ才能がなかったな」

厳しい指摘だが、事実だ。

エレミーは頷くしかなかった。

「あの餓鬼……ケイルは、レベル2に至っているのか？」

「いえ、まだですね～。しかし、あの方なら必ず至ってくれると思います」

そんなエレミーの発言に、ウォレンは眉根を寄せる。

「てめぇ……分かってんのか？」

鋭い語気で、ウォレンは訊いた。

「仮に、ケイルが俺に勝った場合……その先に待っているのは、ライガット＝バアルとの戦いだぞ」

「それは勿論、分かっていますよ～。ですが私は、ケイル様なら勝ってくれると信じていますので～」

エレミーは自信満々といった様子で告げる。

だが、ウォレンにはそれが、適当な発言に聞こえたのか――。

「分かってねぇな」

ウォレンはエレミーを睨みながら言う。

「元々ライガットには才能があったんだ。そいつが更に、反則級の道具を使ってんだぞ。

「……あいつはもう、とっくに魔王を超えてんだよ」

◆

ウォレンとの序列戦——序列二位決定戦は、悪魔学校のグラウンドで行われた。

生徒たちからすれば三位と二位の戦いだ。特にウォレンは普段学校に顔を出さないこともあり、注目が集まっている。見れば、グラウンドの周囲には客席のようなものが用意されており、大勢の観客たちが序列戦の始まりを今か今かと待っていた。

「ケイル様、大丈夫ですか～？」

グラウンドの中心へ向かう途中、エレミーに声を掛けられた。

「ああ。体調も問題ないし、いつでも戦える」

「体調だけではなく……その、緊張とかもしてませんか～？」

エレミーが客席の方を見て言った。

確かに、これだけ注目を浴びれば緊張してもおかしくない。しかし——。

「言われてみれば、思ったよりしてないな。……そんなに、場数を踏んでいるわけでもないのに」

或いは、俺が覚えていないだけで——本当は場数を踏んでいるのか。

記憶はまだ戻っていない。しかし、徐々に感覚を思い出しつつあった。頭の中では空白として扱われている過去も、肉体は鮮明に覚えているのかもしれない。

「その様子なら、今回も楽勝ですね～」

「いや……今まで楽勝だったことは一度もないんだが」

「そ～ですか～?」

エレミーがからかうような口調で言う。

本気なのか、冗談なのか、判別が難しい。

「今回も、ケイル様の急成長を期待していますよ～?」

緊張を心配していたくせに、緊張させるような言葉を発して、エレミーは俺の背中を押した。

歓声が響く。生徒だけでなく教師まで、様々な悪魔が俺とウォレンの戦いを待っていた。

「来たか」

グラウンドの中心には、ウォレンがいた。

先に到着していたらしいウォレンは、俺の姿を見て軽く屈伸する。

「……序列戦には、ちゃんと来るんだな」

「あ？　んだよ、ばっくれて欲しかったのか？」

「いや、そういうわけではないが……」

見た目や口調で誤解してしまいそうになるが、ウォレンはきっと実直な性格なのだろう。

そんなふうに、思っていたが――。

「……学校に来ていない理由は、昨日言っただろ。何もかもがどうでもよくて、面倒臭くなっちまったからだ」

ウォレンは軽く舌打ちしてから言った。

「だがまぁ、今日はそんなに面倒にはならねぇと思ってな」

「……なに？」

言葉の意味が分からず、首を傾げる俺に、ウォレンは笑って答えた。

「どうせ――すぐ終わるだろ？」

総毛立つほどの殺気が放たれる。

無差別に放たれたその圧力に、それまで騒いでいた客席が一瞬で静まり返った。

「じょ、序列二位決定戦――開始ッ！」

審判が怯えた様子で合図する。

その直後、膨大な劫火が眼前に迫った。

「く――ッ⁉」

いきなりの攻撃に、戸惑いながら対処する。

ヴィネ一族の《狂飆》の力を解放し、迫り来る炎を吹き飛ばした。

舞い散る火の粉が地面に触れる。瞬間、砂粒が燃え上がった。

ただの炎ではない。恐るべき熱量だ。

「これが……ベリアル一族の《獄炎》か」

エレミーが言うには、通常よりも遥かに強くて消えにくい炎とのことだ。

シンプルであるが故に力強い。そもそも炎というだけでも武器として成立するのに、それが更に強化されているのだから、恐ろしいに決まっていた。

純粋な攻撃力では太刀打ちできない。

どうにか隙を突く必要がある。

「てめぇ、ちゃんとレベルは上げてきたんだろうな？」

ふと、ウォレンが訊いてきた。

「レベル？」

「……ちっ、そういうことか。あのメイド、俺を踏み台にする気だな」

何を言っているのか分からないが、ウォレンは得心した様子だった。

「存外、スパルタじゃねぇか。訓練よりも、実戦経験をひたすら積ませて、爆発的な成長を促すって寸法か。……どうりで、こんな短期間で、何度も序列戦をしてると思ったぜ」

「……さっきから、何を言ってるんだ？」

「なんでもねぇよ。……あのメイドは、てめぇに相当期待しているみてぇだな」

そう言って、ウォレンは右腕を前に突き出した。

「──《炎剣》」

ウォレンの掌に、炎の剣が現れる。

その刀身は、爆炎が凝縮されたかのような強い輝きを灯していた。剣の周りに陽炎が生まれ、空間が歪んで見える。

「行くぜ」

ウォレンが接近する。

あの剣には近づかない方がいい。見るだけで分かる。あれは防ぐことは疎か、触れただけでも危険な代物だ。

「《疾風槍》ッ!!」

使い慣れた風の槍を放つ。

目にも留まらぬ速さで空を滑る疾風の槍。しかしウォレンはそれを、手に持った

《炎剣》で軽々と弾いた。

「くはっ！　なんだ今のは、そよ風か!?」

ウォレンの足は止まらない。

そのまま近づいてくるウォレンに、俺は焦燥しながら頭の中でイメージを固めた。

飛び道具では凌げない。ここは俺も、ウォレンと同じように武器のようなものが必要だ。

――《血戦斧》ッ！

脳内に浮かんだイメージを再現する。

嵐が集束し、巨大な斧が生まれた。

ウォレンが《炎剣》で斬りかかってくる。

俺は後方へ飛び退きながら、嵐の斧を横に薙いだ。

爆炎と爆風の鍔迫り合い。

その勝敗は――引き分け。激しい衝撃が全方位に放たれ、砂塵が目を眩ませた。

「そいつも……見たことねぇ技だな」

砂塵の間に、不敵に笑ったウォレンの顔が見える。

この男はヴィネ一族の技を知っているのだろう。恐らく……俺よりも。

「んな棒きれでは、防げねぇような技を見せてやる」

そう言ってウォレンは、掌をこちらに向けた。

「――《獄炎流(オウラ)》」

炎の激浪(げきろう)が現れた。

一瞬で周囲の気温が上昇(じょうしょう)した気がする。地面を這(は)うその炎に、俺は再び頭の中で何か使えそうな技を探した。

――『部分獣化』ッ！

両足の膝(ひざ)から下を、嵐が覆(おお)った。

獣の如き俊敏(しゅんびん)な動きでグラウンドを駆(か)け、炎の波を回避(かいひ)する。

そのまま、風の爪を展開してウォレンに襲(おそ)い掛かった。

「はははッ！　いいぜ、思ったよりやるじゃねぇかッ!!」

ウォレンは《炎剣(エスパーダ)》を生み出して、俺の爪を防ぐ。

「えげつねぇほど速ぇな。だが、どうにも小手先の感じが拭(ぬぐ)えねぇ」

ウォレンの言う通りだ。

恐らく、この戦いで俺が使ったどの技でも、決定打には成り得ないだろう。

分かっている。

なんとなく感じる。

やはり、これは――――今の俺の力ではないんだ。

身体に染みついた感覚が訴える。本来、『部分獣化』という技は、もっと力強かった筈だ。

決して速いだけの技ではない。

確かに馴染みのある力だが、上手く発動できていない感覚があった。

これじゃない。きっと今の俺には、もっと適した技がある。

例えば――元序列四位、《錬金》の使い手であるアルケル＝ザガンを倒した時。

俺は、ヴィネ一族の《狂飆》を……こんな感じで使っていた筈だ。

「お？」

ウォレンが小さく声を零す。

俺の頭上に、幾つもの疾風の槍が浮かんでいた。

「――《疾風槍の雨》」

大量の《疾風槍》がウォレン目掛けて降り注ぐ。

その数、凡そ百本。ウォレンの姿はあっという間に槍に隠れ、見えなくなった。

――手応えあり。

用意した槍の全てが放たれ、十秒ほど続いていた轟音が漸く止んだ。

数と速さを備えた攻撃である。序列四位のアルケル＝ザガンはこれで倒した。

序列二位のウォレンとて、無傷では済まないだろう。

「……伊達に、三位まで上がってきたわけじゃねぇな」

立ち込める砂塵の中から、ウォレンの声が聞こえる。

「いいぜ。……てめぇにならら、使ってもいい」

砂塵が晴れる。

その奥から、現れたのは――。


「レベル2――《獄炎の使い魔》」


凄まじい炎を纏った、赤い馬。

真紅の体躯は揺らめいており、鬣は青く迸っている。……明らかに、今まで見た悪魔の能力とは一線を画していた。

動物の形だけを再現したものではない。

その馬は微かに息をしている。――生きている。

ウォレンは、この力を何と言っていた？

確か――。

「レベル2……？」

「……ちっ、それすら知らねぇのかよ」

ウォレンは溜息を吐いて、説明した。

「言葉通りの意味だ。悪魔の力には、レベルがあるんだよ。てめぇが今使っている《狂飆》はレベル1。……あらゆる悪魔の力には、もう一段階上のものがある。大抵の悪魔は使えねぇ……一部の、才能のある悪魔だけが到達できる境地だ」

ウォレンが告げる。

「ベリアル一族に伝わる《獄炎》のレベル2は、使い魔の召喚だ。……コイツは俺の使い魔で、《炎帝馬》と言う」

炎の馬……《炎帝馬》がこちらを向いた。

その圧力に、全身の肌が粟立つ。

「分かるだろ？　レベルの違いは──次元の違いだ」

次の瞬間、炎の馬がブレたような気がした。

本能が警鐘を鳴らす。咄嗟に飛び退いた直後、先程まで俺が立っていた場所を炎の馬が駆け抜けた。

目にも留まらぬ突進。直撃していれば、一溜まりも無かっただろう。

「──《疾風槍》ッ‼」

嵐の槍を五本展開し、纏めて馬へと放つ。

だが槍は、ジュウと音を立てて掻き消された。

まるで通用していない。

焦燥していると、いつの間にか周囲の気温が激しく上昇していることに気づく。

炎の馬が揺らめいていた。その体躯から、地面を溶かすほどの熱が生み出され──。

「ぐ……ッ⁉」

目も開けていられないほどの熱風が放たれる。

あの馬がいる限り、ウォレンに近づくことすらできない。

「ケイル様！」

その時、観客席の方からエレミーの声が聞こえた。

「ヴィネ一族の《狂飆》は、嵐の力です！」

エレミーが大きな声で叫ぶ。

そんなこと、とっくに知っているが……。

「嵐は、全てを吹き飛ばします！　何もかもを──跡形もなく消し去る力ですっ！」

エレミーの言葉が耳に届くと同時に、頭の中でカチリとピースの嵌まる音がした。

彼女は何かを伝えようとしている。

それはきっと、ヴィネ一族の力……《狂飆》の極意だ。

「望んでくださいっ！　貴方は今、何を消し去りたいですか――ッ!?」

エレミーが告げる。

「俺が、消し去りたいのは……」

その問いを、頭の中で何度も反芻した。

俺が、《狂飆》の力で消し去りたいのは何だろうか？

取り敢えず今は、目の前にいる炎の馬が脅威だ。

この圧倒的な炎を消し去ることが俺の望みだろうか？

――否。

そうじゃない。

俺にとって最も消し去りたいものは、頭の中に存在する違和感だ。

記憶の空白部分。そこに手を伸ばすと、いつも邪魔されてしまう。

後少しで思い出せそうなことも、途端に朧気になってしまう。

きっと大切な記憶なのに、その前に不思議な靄が立ち塞がっているのだ。

俺が消し去りたいのは――過去の記憶を覆い隠す、この鬱陶しい靄だ！

そう願った、次の瞬間。

全身から嵐が迸り、炎の馬から放たれる熱風が消滅したような気がした。

「……こ、れは？」

気のせいではない。

何が起きたのかは分からないが――《炎帝馬》の放っていた熱波が、消滅している。

「マジで、覚醒しやがったか……」

ウォレンが、目を見開いて呟く。

本気で驚愕している表情だ。しかし俺は何が起きたのか、よく分かっていない。

「――《炎帝馬》ッ!!」

ウォレンが叫ぶと、その使い魔である炎の馬が疾駆した。

また突進してくる。俺は《疾風槍》を放って足止めしようとしたが――。

「やっぱり、効いてないか……ッ！」

炎の馬は、嵐の槍を軽々と弾いてみせた。

先程は活路を見出したような気がしたが――俺の力は、何も変わっていない。

大きく横に飛び退くことで、馬の突進を辛うじて避ける。

「……まだ不完全だな」

グラウンドの砂粒に塗れて汚れた俺を、ウォレンは真剣な面持ちで睨んだ。

「《獄炎流》」

炎の激浪が放たれた。

予備動作が全くない。体勢を崩したこの状態で、その攻撃を避けることは不可能だった。

目を閉じて激痛を覚悟する。

しかし、いつまで経っても痛みを感じることはなく、俺は恐る恐る目を開いた。

「動くな」

いつの間にか、ウォレンが目の前にいる。

見れば、炎の激浪は俺とウォレンを避けてグラウンドを流れていた。それはまるで……炎のカーテンが、俺たちの姿を外部から隠しているようにも見える。

「その底知れねぇ急成長……てめぇならマジでライガットの野郎をぶっ倒せるかもしれねえ。……だが、今の実力ではまだ無理だ」

ウォレンが潜めた声で言う。

「てめぇ、一度負けろ」

「……は？」

「最後に一肌脱いでやるって言ってんだ。——いいから負けてろッ！」

ウォレンに思い切り殴（なぐ）られた。

「が……ッ⁉」

油断したわけではないが、不意を突かれて蹲（うずくま）る。

同時に、炎の波が霧散（むさん）した。

ウォレンは蹲る俺の背中に足を乗せ、勝利をアピールする。その光景を見た審判が目を見開いた。

勝者、ウォレン＝ベリアル。

朦朧（もうろう）とした意識の中で、審判の声が聞こえた。

◆

目を開けると、見慣れない光景が広がっていた。

「ここは……」

「ケイル様！」

上半身を起こすと、エレミーがすぐに俺の名を呼んだ。

視線を下げるとベッドが映る。どうやら俺は今まで眠（ねむ）っていたらしい。

「エレミー……ここは？」

「ここは学校の保健室です。ケイル様は、その……序列戦で気を失って、こちらへ運び込まれました」

言いにくそうに告げるエレミーに、俺はすぐに状況を察した。

今回は記憶を失わなかったらしい。序列戦の結末は鮮明に覚えている。

「そうか……俺は、負けたんだな」

思えば、初めての敗北だった。

そもそも俺が今まで戦ってきた相手は、序列五位から二位……いずれも強敵である。一戦目から既に分不相応な挑戦をしてしまったと後悔したし、いつ負けてもおかしくないとは思っていたが……いざ敗北を味わうと、形容し難い感情が湧いてくる。

これまでが上手くいきすぎていたのだ。

それは理解しているが、この複雑な感情は暫く胸中に蟠るだろう。

「……あの、ケイル様」

エレミーが心配そうな表情を浮かべて声を掛けてきた。

「さっきの序列戦……最後、どんなふうに負けたんですか？　私は観客席の方から見ていたんですが～……どうも、その、決着の付き方がよく見えなかったので」

エレミーが困ったように言う。

「途中でウォレンに話しかけられてな。一肌脱ぐから、ここは負けてろって言われたんだが……意味が分からなくて、困惑しているうちに一本取られた感じだ」

あの時はウォレンの炎が視界を遮っていたため、観客席からは俺たちの様子が見えなかったのだろう。

しかし、あの時のウォレンの言葉は今でもよく分からない。

ウォレンは一体何をする気なのだろう、と疑問に思っていると――。

「つ、つまり、実力が劣っていたから負けたというわけじゃないんですね？」

エレミーはどこか焦った様子で確認する。

問いの意味が分からず、俺は沈黙したが、エレミーはそれを肯定と受け取った。

「い、いやぁ～、ならよかったんです！　ケイル様は調子が悪かっただけで……本当は、勝てたんですよね！」

エレミーは引き攣った笑みを浮かべて言った。

安堵に胸を撫で下ろしたようにも見えるが、その頬からは冷や汗が垂れている。

そのどこか不安気な素振りに、俺は当たり前のことを告げようとした。

「エレミー。俺は――」

「――おうコラ、やっと起きたか」

急に保健室の扉が開く。

現れたのは、先程まで俺が戦っていた悪魔――ウォレン＝ベリアルだった。

「ウォレン……？」

「一発ぶん殴った程度で気絶してんじゃねぇよ。……取り敢えず、コイツを返しとくぜ」

そう言ってウォレンは、背後にある大きな物体を俺の傍に投げた。

ドサリ、と音を立てて床に転がったのは――。

「リリ⁉」

ボロボロの姿になった、リリだった。

服は一部が焼け焦げており、髪もボサボサだ。

明らかに戦った痕跡である。恐らくその相手は――ウォレンだ。

「誤解すんなよ。仇討ちだのなんだの言って、コイツの方から俺に突っかかってきたんだよ」

俺の思考を見透かしたかのように、ウォレンが言う。

「う、うぅ……ケイル様の、仇ぃ……っ」

床に倒れたリリは、小さな声で呻いた。

どうやらウォレンが言った通り、リリが一人で暴走したようだ。

「ったく、てめぇの女くらいちゃんと管理しとけや」

「いや……別に、リリとはそういう関係ではないんだが」

「……じゃあコイツ、ただのヤベェ奴じゃねぇか」

そうなんだよ……。

エレミーが、何とも言えない複雑な表情でリリを見ていた。

「それより本題だ。……明日の放課後、俺とライガットで序列戦をすることになったから、観に来い」

「……は？」

唐突なその発言に、目を丸くすると、ウォレンは面倒臭そうに補足した。

「一肌脱ぐって言っただろ。俺とライガットの戦いを見て、あいつの攻略法を探れ。……序列戦が終わり次第、てめぇに二位の座を譲ってやる」

それはつまり、俺に協力してくれるということか。

わざわざ身体を張ってまで……。

「……なんで、そこまでしてくれるんだ？」

そう訊くと、ウォレンはばつが悪そうに後ろ髪を掻きながら答えた。

「落ちぶれた好敵手なんざ、見ていてつまらねぇだろうが」

そう言って、ウォレンは踵を返す。

しかし、保健室を出る直前、ウォレンは再び振り返ってエレミーの方を見た。

「おい、そこのメイド」

「はい～？」

首を傾げるエレミーに、ウォレンは神妙な面持ちで告げる。

「やれることはやってやる。……その先の判断は、てめぇの自由だ」

「……どういう意味ですか～？」

エレミーの問いに、ウォレンは小さな声で答えた。

「ライガットに挑むか否か……考え直す、最後の機会だぜ」

そう告げて、ウォレンは保健室を後にする。

暫くの沈黙が続いた後、エレミーは俺の方を見た。

「そう言えば、ケイル様～。さっき何か、言おうとしていませんでした～？」

「ん？　……ああ」

ウォレンが保健室に入る直前、俺はエレミーにある言葉を伝えようとした。

しかし今更かと思って首を横に振る。

「……いや、なんでもない」

「そうでしたか～」

エレミーはすっかりいつも通りの様子だった。

そんな彼女の横顔を眺めながら、俺は吐き出したかった言葉をしっかり飲み込む。

――別に俺は、無敵じゃないんだけどな。

ほんの少しだけ、不安に感じただけだ。

エレミーは、そんな当たり前のことすら忘れているのではないかと思った。

◆

【序列戦 スケジュール】

・序列1位決定戦

　日時：9月1日17時00分

　場所：第1演習場

挑戦者：ウォレン＝ベリアル（序列2位）

応戦者：ライガット＝バアル（序列1位）

掲示板に貼り出されたその情報を、俺は無言で一瞥した。

九月一日。この日の放課後、悪魔学校の校舎から生徒たちの姿が消えた。その行き先は勿論、第一演習場だ。

序列一位決定戦。

この学校の頂点を決めるための戦いが、今、始まろうとしている。

「ケイル様～、こちらの方が見えますよ～」

エレミー、リリと共に第一演習場に足を運んだ俺は、ごった返した人混みに顔を顰めた。

悪魔学校には演習場と呼ばれる屋内施設が五つある。第一演習場はその中でも最も広い空間だった。

戦いがよく見える席はないか手分けして探していると、エレミーが丁度いい場所を見つける。

「助かった」

「いえいえ～。ケイル様のためなら、お安いご用ですよ～」

エレミーが手招きした位置へ移動する。

やや狭いが、そこには丁度二人分のスペースがあった。

……ん？　二人分？

「あ、リリ様の席はありませんので、他の場所へどうぞ」

エレミーは最早、笑みすら浮かべず、事務的に告げた。

リリは額に青筋を立てる。

「……あ、貴女が退けば、丁度いいんじゃないかしら？」

「あぁん？」

「ひっ」

定番の口喧嘩だった。

リリも一応、抵抗はするが、毎回エレミーに凄まれて口を閉ざしてしまう。根が臆病なのだろう。もう何度も同じ光景を見ていた。

「し、仕方ないわね……」

そう言ってリリは俺たちのもとから離れた。

まさか本当に一人だけ別の場所へ移動するのだろうか。流石にそれは可哀想だと思い、いっそ引き留めようとしたが――。

「……《魅了》」

リリは、近くにいる男に能力を使用した。

「そ、そこ、退いてくれる？」

「はい！　リリ様のためならば!!」

男が恍惚とした表情を浮かべながら、遠くへ走り去る。

一人分のスペースが空き、リリはそこへ当たり前のように腰を下ろした。

「ケ、ケイル様！　序列戦、楽しみですね！」

「……ああ」

心情的には序列戦どころではなくなってきた。

リリも存外ふてぶてしい。立ち去った男に申し訳なくて、額に手をやる。

このままテンションが下がったまま、大事な序列戦を観る羽目になるのだろうか……そう思っていたが、そんな不安は次の瞬間に消し飛んだ。

歓声が響く。

演習場の中心に、二人の男が現れた。

右側から姿を現わしたのは、背の高い黒髪の男――ウォレン＝ベリアル。

左側から姿を現わしたのは、金の長髪を下ろした男――ライガット＝バアル。

二人の登場に、場の空気が熱を帯びる。

「……本当に、やるんだな」

正直、ウォレンの提案はありがたい。

俺は今まで、相手のことをよく知らないまま序列戦に臨んでいた。能力の詳細だけは事前にエレミーから聞いていたが、具体的な戦法なども事前に調査していれば、もっと楽に立ち回れた場面が多々ある。

今の俺が気にするべき点は、戦いの勝敗ではなく、ライガットがどこまで手の内を見せるかだ。俺はそれを、身体を張ってくれたウォレンのためにも集中して観察しなければならない。

「……エレミー。ふと疑問に思ったんだが、もしウォレンがライガットに勝ったら、俺は序列一位にならなくちゃいけないのか？」

親天派であるライガットが魔王にならないよう、序列一位の座から引きずり下ろす。

それが俺たちの目的だった筈だが……冷静に考えれば、それは俺がやる必要はない。ウォレンがライガットに勝っても目的を果たせる。

「その心配は、不要だと思いますよ～。……あの男では、ライガットに勝てないと思います」

「……そんなに、ライガットは強いのか」

「はい。きっとケイル様だけが、勝てると思います～」

エレミーが明るく微笑みながら告げる。

信頼されているのは嬉しいが……果たしてその信頼はどこから生まれているのか、少し気になった。

「ケ、ケイル様！　始まるみたいですよっ！」

リリが俺の服を引っ張って言う。

演習場の中心で。審判が声を張り上げた。

「序列一位決定戦――開始ッ！」

瞬間、稲妻と爆炎が炸裂した。

初手はどちらも技を使っていなかった。

ベリアル一族の《獄炎》と、バアル一族の《雷霆》が衝突しただけだ。

双方、共に大した力を使ったつもりはない。

にも拘わらず、二つの衝突は激しい閃光を生み出し、観客の九割以上がウォレンとライガットの姿を見失った。

「んだよ。どうせ、てめぇのことだから序盤は様子見だろうと思ったが……意外とやる気になってくれているのか？」

「……他の相手なら、様子見していたかもしれないな」

不敵な笑みを浮かべて問うウォレンに対し、ライガットは小さな声で答えた。

その掌に、雷が集束する。

「私は、お前を見くびったことなど一度もない」

稲妻が走る。

ライガットの技である《雷槍》だ。その軌道は単調な一直線だが、凄まじい速度を誇り、回避は極めて難しい。

「《炎剣》ッ!!」

ウォレンは瞬時に炎の剣を生み出し、飛来する雷の槍を斬り伏せる。

「なあ、ライガット」

戦いながら、ウォレンは言った。

「てめぇ……何があったんだよ。随分とくすんだ目になっちまったじゃねぇか」

ウォレンはライガットを鋭く睨んだ。

かつて、その黄金の瞳は力強く輝いており、同時に利発そうでもあった。しかし今のライガットの瞳はどこか死んでいる。こうして戦っている間も、まるで他人事のように全てを眺めており、その目からは意志を感じない。少なくともウォレンにはそう見えた。

「お前に、私の重圧が理解できるか？」

僅かに表情を歪め、ライガットが言った。

怒りではない。疲労と諦念の感情を込めて、ライガットは言う。

「生まれた頃から王の器だと持て囃され、ずっと魔王になるためだけの日々を歩んできた。……失敗は許されない。失望されたら未来が潰える。そんな私の重圧を、お前如きが理解できる筈もない」

そう言って、ライガットは頭上に腕を伸ばした。

「――《黄雷宮殿》」

ライガットを中心に、雷の宮殿が顕現する。

演習場を囲むように雷の柱が立った。更に頭上には稲妻の屋根が現れる。

雷の力で空間そのものを支配する、ライガットの得意技だった。

「《獄炎流》ッ!!」

ウォレンの掌から、炎の濁流が生まれる。

空間を自由に駆け回る稲妻が、炎の濁流に飲まれ、激しい火花が散った。

「へっ、そうかい。……なら朗報があるぜ」

「朗報……？」

眉を顰めるライガットに、ウォレンは言う。

「近々、てめぇの前に本物が現れる。……てめぇと違って、くだらねぇ薬に頼らなくても勝手に王になっちまうような、本物の素質だ」

ライガットの濁った眼に、動揺が走ったような気がした。

「いっそ派手に負けちまいな。そうすりゃスッキリするかもしれねぇぜ」

「……戯言だな」

ライガットはウォレンの言葉を信じなかった。

しかし、かつては切磋琢磨した仲だからこそ、ウォレンは気づく。今、ライガットの胸中は、決して穏やかではない筈だ。

「《炎帝馬》――――ッ!!」

ウォレンはレベル2の力を行使した。

炎の使い魔が嘶く。この馬は、本物の生物のように自分の意志で動き、それでいて決してウォレンの邪魔をしない。序列戦においては二対一の状況を作り出す力と言ってもいい。

それでも油断はしない。

炎の馬がライガットへ突進を仕掛ける。その背後で、ウォレンは一切気を緩めることなく攻撃する隙を窺っていたが――。

「《不可視の雷槍》」

最大限に強めた警戒を、その稲妻は無慈悲に貫いた。

◆

その光景を見て、どれだけの者が異常に気づいただろうか。

序列一位と二位の戦いは、それまでの序列戦とは明らかに次元が違っていた。観客の殆どは序盤で二人の姿を見失い、更にライガットが《黄雷宮殿》を発動した辺りからは、あまりの眩しさに目も開けていられない程だった。

それでも、俺は辛うじて二人の動きを読み取ることができていた。

両隣に座るエレミーとリリも同様。なんとか、ライガットとウォレンの戦いについていくことができているが――。

「なんだ、今の……？」

遂に俺は、二人の戦いについていけなくなってしまった。

何が起きたのか分からない。気がつけば、ウォレンの身体に雷が直撃していた。

「《不可視の雷霆》……そ、それが、ライガット＝バアルの、レベル２」

リリが、訥々と告げる。

「その、効果は……当たるまで見えない雷」

バアル一族のレベル２――《不可視の雷霆》。

その恐怖を、ウォレンは久々に体感した。

「ぐ、ぁ……ッ!?」

胸に走った激痛に、ウォレンは苦悶の表情を浮かべた。

レベル２を発動したライガットの攻撃は、全て目に見えなくなる。

「あれから、少しは成長したようだが……差は開いたままだな」

蹲るウォレンに対し、ライガットは冷めた目で言った。

見れば、既に《炎帝馬》が倒されている。ウォレンのレベル２である炎の使い魔は、稲妻によって焼かれ、床に横たわっていた。

「なにが、差だ……クソみてぇな手を使いやがって」

ウォレンが呻く。

直後、閃光が輝いた。

「が――ッ!?」

「今となっては、ただの負け惜しみだな」

気がついた頃には攻撃を受けている。

倒れたウォレンを、ライガットは傍で見下ろした。

「或いは、お前が……私を圧倒するほどの力を持っていれば、話は違ったかもしれない」

「……なんだ、そりゃ？　てめぇ、自分が落ちぶれた理由を他人になすりつける気かよ？」

ウォレンが苛立ちを露わにする。

対し、ライガットは……頼りなく笑った。

「少しくらいは、付き合ってくれてもいいだろう」

その掌に、雷が集束する。

「私は……お前たちが抱えるべきだった期待を、一身に引き受けているのだから」

轟音が響いた。

直上から降り注ぐ稲妻にウォレンは身体を焼かれる。一瞬、気を失ったが、あまりの激痛に目を覚ました。

「があぁぁあぁぁあぁぁぁあぁぁぁあああぁぁあぁぁああああぁ――――ッッ!?」

閃光が絶え間なく迸る。演習場のほぼ全域を、黄色い稲妻が埋め尽くしていた。

前は――怪しげな薬を飲む前は、ここまで強くなかった筈だ。

レベル2は以前から習得していたが、不可視にできるのは精々規模の小さい雷のみだった。雷の出力自体もここまで高くない。以前も圧倒的な強さを持っていたが、攻略の糸口は幾つかあった。

今や、彼我の差は絶望的に広がっていた。

手も足も出ない。傷一つつけられない。

言葉も力も、ライガットには届かない。

「……おい」

観客席の方から、声が聞こえた。

「これ……一位と二位の戦いなんだろ？」

「圧倒的じゃねぇかよ……」

悠然と佇む序列一位。

床を惨めに這いつくばる序列二位。

その差は、火を見るより明らかだった。

「へっ、どいつもこいつも……今に見てろよ」

意識を失う直前、ウォレンは不敵な笑みを浮かべた。

観客席にいる一人の男と目が合う。

ケイル＝ヴィネ。

その目は見開かれていたが、同時に決意が灯（とも）されていた。

あの男も分かっているのだろう。

ライガット＝バアルを倒すのは――お前だ。

「もうすぐ……本物が来るぜ」

◆

頂点を決めるための序列戦が終わった。

結果は、序列一位であるライガット＝バアルの勝利。順位の入れ替（か）わりは起こらなかった。

「……凄（すさ）まじいな」

リリとの対戦直後にもライガットの実力は垣間見たが、今回はよりはっきりとその力を目にすることができた。決着の付き方が特殊だったとはいえ、俺に勝ったウォレンを相手に完勝してみせるとは……。

「何が起きているのかすら、分からなかった。……あれが、序列一位か」

リリの説明を思い出す。

バアル一族のレベル2……《不可視の雷霆》。

恐ろしい力だ。緊張のあまり、ゴクリと唾を飲む。

その時、隣に座るエレミーが、青褪めた顔をしていることに気づいた。

「エレミー？」

「な、なんでしょうか、ケイル様？」

「いや……様子がおかしいと思って、声を掛けたんだが」

「そ、そんなことありませんよ～？　私は至って普通です！」

取り繕ったような笑みを浮かべてエレミーは言った。

詮索するにしても場所が悪い。序列戦が終わったことで、客席にいた生徒たちが一斉に帰路へついた。

観客たちが演習場を去った後、残ったのは……床に倒れたウォレンの姿だった。

「……ウォレン」

声を掛けると、ウォレンは小さく笑みを浮かべた。

「へっ……派手にやられたぜ」

そう言って、ウォレンはゆっくりと立ち上がる。

「動いても平気なのか？」

「平気なわけねぇだろ。……あのクソ野郎、微塵も手加減しねぇから、呼吸するだけでも激痛が走りやがる」

そう言いながらも、ウォレンはポケットに手を伸ばした。

「ほれ」

ポケットに入れていたらしい一枚の用紙を、ウォレンは俺に手渡した。

折り畳まれた用紙を開き、書面を読む。――序列委譲承諾書、と書かれていた。

「そいつにサインすりゃあ、今からてめぇが序列二位だ」

どうやら双方の合意によって、序列を交換するための書類らしい。

既にウォレンのサインは記されている。

これにサインをすれば、いよいよ俺がライガットと戦うための準備が整う。

俺はウォレンの手からペンを受け取り、その場でサインをしようとしたが――。

「ケ、ケイル様！」

エレミーが、焦燥した様子で声を発した。

「その……今でなくても、いいのではないですか？」

「……それは、まあ、そうかもしれないが」

「ウォレン様も疲れていると思いますし～……ここは一度、持ち帰って検討いたしましょう！」

冷や汗を垂らしながらエレミーは言う。

俺は無言でウォレンと顔を合わせた。ウォレンが頷く。今この場で結論を出す必要はなさそうだ。

書類を再び折り畳み、ポケットに入れた。

冷静に考えればエレミーの言う通り、こんな大事なことを序列戦が終わった直後にするべきではないかもしれない。

「おい、メイド」

帰路に就こうと踵を返した直後、ウォレンがエレミーに声を掛ける。

「うちの弟からある程度、事情は聞いている。……よく話し合って決めろよ」

一瞬だけ俺の方に視線を向けながら、ウォレンは言った。

立ち去るウォレンの背中は、戦いに敗れた男のものとは思えないほど大きく見えた。敗北してなお惨めに見えないとは……あれが本物の貫禄というやつなのだろう。

「……帰るか」

その場でリリと解散し、俺とエレミーは家に帰った。

帰り道、エレミーは一言も声を発さない。……やはり様子がおかしい。

「ケイル様……その、ご提案があります」

家に着いたところで、エレミーが言う。

「次の序列戦は……もう少し、後にしましょうっ！」

無理に明るくしたような声音で、エレミーは告げた。

「ライガット＝バアルが卒業するまで、まだ時間は十分ありますからね～！　ケイル様はそれまでの間に、入念に準備を整えればいいんですよ～！」

エレミーは明るく振る舞っている。

だが、先程から血の気が引いた顔をしていた。

「……急に、弱気になったな」

「そ、そんなことありませんよ～！　これはあくまで、戦略です！」

「そうか？　いつもなら、すぐに序列戦を申し込ませようとするのに」

「それは、その……」

エレミーが言い淀む。

そして、訥々と本音を語り出した。

「ケ、ケイル様なら、楽勝だと、思ってたんです。ですが……ライガット＝バアルは、私の想像を超える……化物でした」

だから、ここは退くべきだとエレミーは言っているのか。

「俺の記憶はどうなる？」

「……あ」

その問いに、エレミーは気まずそうに視線を逸らす。

「ライガットに勝たなければ、俺はずっと記憶喪失のままなんじゃないか？」

その様子を見て、小さく溜息を吐いた。

「流石に俺も気づいている。……俺の記憶を奪ったのは、エレミーなんだろ？」

「な、なんのことでしょうか～？」

「ライガットを倒せば、俺の記憶は元に戻ると言っていたが……ただの記憶喪失で、そんな不自然なことは起きない。俺の記憶は意図的に失われたんだろう？　記憶を失った俺は今、ヴィネ一族のために悪魔学校へ通い、序列戦に勝ち上がっている。……今の俺は、ヴイネ一族にとって都合が良すぎるんだ。エレミーの裏に、誰かがいるかもしれないと思っていたが……その様子もないし、消去法でエレミーしかいない」

　こうして俺が序列二位となった今も、エレミー以外、分かりやすく俺に接触してくる相手はいない。

　強いて挙げるならリリだが、今の彼女が俺にとって無害であることは十分に伝わっている。

「……流石、鋭いですね～」

「よく言う。あんな分かりやすいことを言って……隠すつもりなんてなかっただろ」

「いえ、決してそんなことはありませんよ～。ただ……あの時は、ケイル様が序列戦に臨むモチベーションを確保するために、そういうことを言うしかないと判断しましたから～」

　諸刃の剣というやつだ。

　ライガットを倒せば俺の記憶は戻る。そう伝えられたのは、序列四位であるアルケル＝ザガンを倒した後だった。

　アルケル＝ザガンは、何の準備も整えていない俺に対し、奇襲を仕掛けた。今だからこそ言えるが、あれはかなり危なかった。ヴィネ一族の復興という実感のない使命のためだけに、あのような盤外戦術が常となる日常を歩むのは、流石にくたびれる。序列戦とは暫く距離を置いた方がいいかもしれない……そんな考えが脳裏を過ぎったのは間違いない。

エレミーはそんな俺の心境を見透かして、記憶の件について話したのだろう。

自分が疑われる代わりに、俺の序列戦に対するモチベーションを引き上げたのだ。

「エレミー。俺は、できるだけ早く記憶を取り戻したい」

そんな俺の気持ちはとっくに分かっているだろうが、改めて言う。

「ぼんやりと思い出しつつあるんだ。……一緒に生きていた家族。苦楽を共にした仲間。そういう、大切な人たちを、いつまでも忘れたままではいられない」

そう告げると、エレミーは視線を下げた。

「なら……どうして、私を倒さないんですか……？」

囁くような小さな声でエレミーは訊く。

今にも泣いてしまいそうな様子だ。

「……この場で、俺がエレミーを倒したら、記憶は元に戻るのか？」

「さぁ～、どうでしょうね～……？」

エレミーは頼りない笑みを浮かべた。

その答えを誤魔化した態度に、俺は確信する。

――戻るのか。

どうやらここでエレミーを倒せば、俺の記憶は元に戻るらしい。

実を言えば、エレミーが記憶を奪った張本人であることは予想していたが、どうやって記憶を奪ったのかは皆目(かいもく)見当がついていなかった。倒せば戻るということは、俺の記憶喪失はエレミーの能力が関係しているのかもしれない。

しかし、どのみち……その選択肢(せんたくし)はない。

やるにしても、今ではない。

「記憶は元に戻したいが、ここでエレミーと戦うつもりはない」

目を丸くするエレミーに、俺は続けて質問した。

「親天派と反天派の争いについては、事実なんだろう？」

「……はい」

「ライガットが、実は親天派で……このまま放置していると、いずれ悪魔は天使の支配下に置かれてしまう。……これも、事実なんだろう？」

「……はい」

どちらの質問も肯定(こうてい)される。それなら――。

「つまり――俺がライガットを倒さないと、色んな悪魔が困るんだろう？」

その問いに、エレミーは暫(しば)し逡巡(しゅんじゅん)した後、

「…………………はい」

首を縦に振るエレミーに、俺は決意を固める。

「だったら、俺はエレミーに協力する」

「……え」

「ここまで巻き込まれたんだ。今更、見過ごせない」

ライガットを倒した後で、記憶を返してくれるならそれでいい。

自分の考えを伝えると、エレミーは目を見開いて驚愕した。

「み、見過ごせないって……どうして、そんなこと言えるんですか……？」

震えた声でエレミーが訊く。

「……記憶を奪われて、ヴィネ一族にとって都合のいい駒にされて……なのに、貴方は私に協力してくれるんですか？」

「……鏡で、自分の顔を見てみろ」

俺は箪笥の上に置かれていた手鏡を、エレミーに渡した。

不思議そうな顔で手鏡を受け取るエレミーに言う。

「そんな顔している人を、見過ごせるわけないだろ」

手鏡に映る自分の顔を見て、エレミーはぎょっとした。

その顔は酷く青褪めており、今にも倒れそうなくらい絶望に浸っていた。本人は自覚していなかったのだろうが、下校中からずっとその調子だ。

エレミーの願いは決して自己中心的なものではない。

そして俺は、彼女がずっと必死だったことに気づいている。

「……うひっ」

エレミーの口から変な声が漏れた。

「うひっ、ひひひっ……！　あぁ……よく分かりました。分かりましたとも」

エレミーは笑う。

しかしそれは罪悪感に塗れた、歪んだ笑いだった。

「ケイル様は……きっと、今までもそうやって、誰かを助けてきたんでしょうね。……その強さが、私はずっと欲しかったんです」

羨望の眼差しをエレミーは注いでくる。

「記憶を盾にしなくても、俺はエレミーの力になる。だから……隠していることを、全部話してくれないか？」

真っ直ぐエレミーを見つめて言う。

エレミーは、ゆっくりと首を縦に振った。

「……最初に、私の正体をお伝えします」

そう言ってエレミーは、何故か洗面所の方へ向かった。

扉の隙間からエレミーの姿が見える。彼女は自身の角を水で洗っていた。

エレミーの黒い角から染料が洗い流され……俺と同じ、青色の角となる。

「私の名前は、エレミニアード＝ヴィネ。……ヴィネ一族の、本当の跡取りです」

◇

一年前……まだヴィネ一族が、魔界で暮らしていた頃。

ヴィネ一族の長女であるエレミニアード＝ヴィネは、豪奢な屋敷の扉を開き、外へ出ようとしていた。

「エレミー。何処へ行くのかしら？」

「学校の下見です！」

偶々傍を通りがかった母親に、エレミーは元気よく答えた。

その様子に、母は苦笑する。

「貴女……昨日も行ってなかった？」

「何度行っても飽きないですよ〜？　広いですし、あと綺麗ですし〜」

「まったく……あと三日もすれば入学するんだから、それまで待てばいいのに」

「待ち切れないんですよ〜！」

エレミーは満面の笑みを浮かべて言った。

い、い、エレミーという愛称は、元々友人同士の間でつけられたものだが、これがいつの間にか家族にも浸透していた。今では母もそう呼んでいる。

エレミー自身、この愛称で呼ばれるのは好きだった。ヴィネ一族は悪魔社会において貴族に該当するため、どうしても一般人からは敬遠されることがある。しかし、エレミーという愛称は、そういう心理的な壁を感じさせない温かさがあると感じていた。

「子供の頃からずっとお転婆だった貴女も、いよいよ学校へ通うのね。……なんだか感慨深いわ」

「ご安心を！　ヴィネ一族の悪魔として、誇り高い学生生活を送ってきますので〜！」

「そんなに気張らなくてもいいわよ。うちは長男が後を継ぐ仕来たりだし……貴女は自由気ままに過ごしなさい」

母は優しく微笑みながら言った。

そんなエレミーたちの会話が聞こえたのか、リビングの方から二人の少年がやって来る。

「お、エレ姉ちゃん何処か行くのか？　土産よろしく～」

「俺も～！」

長男、次男がエレミーに向かって言った。

「はいはい、適当に買ってきますよ～」

そう言ってエレミーは外に出る。

エレミーは子供たちの中で最年長だった。そのため、いずれ一族を率いる長男も、エレミーにとってはただの可愛い弟である。

慣れ親しんだ赤い空を仰ぎ見た。

昼も夜も変わらない空模様は、外界の種族にとっては不気味に感じるものらしい。しかし、幼い頃からそんな空の下で生きてきたエレミーにとっては穏やかな景色である。

「お母様は、ああ言っていましたが……ヴィネ一族の悪魔である以上、序列二桁台には入っておきたいですね～」

悪魔学校は、序列一位の状態で卒業することで魔王に選ばれる資格を持つ。

流石に一位を目指すほど自分の力に自信はないが、それでも高い序列を持つことは悪魔にとって名誉なことである。ヴィネ一族に生まれた以上、それなりの成果を出さねばならない。

「……少し、修行しておきますか～」

学校へ向かう予定だったが、近所の公園へ行くことにする。

「うーん……飛んだ方が、早く行けそうですね～」

そんな独り言を呟くと共に、エレミーの両足を旋風が包んだ。

ヴィネ一族の《狂飆》。その効果は、嵐を自在に操ることだ。

「――《風靴》」

シュルリと音を立てて、エレミーの両足から風が生まれた。

宙に浮いたエレミーはそのまま公園へと向かう。

空を飛ぶことができる悪魔なんて、そうそういない。しかしエレミーは、これでもヴィネ一族の長女だった。既に並外れた実力をつけているという自負はあるが……それでも、序列戦で勝ち抜くにはまだまだ不安がある。

「ほ……っと」

直接、公園に下りると注目を集めて面倒なことになりそうなので、エレミーは近くの路地裏に着地した。

そのまま歩き出そうとした直後、前方から誰かの話し声が聞こえる。

「おや……？　こんなところに人がいるとは、珍しいですね～……」

あまり人気のない薄暗い路地だ。

態々こんなところで談笑するなんて、妙な話だなと思っていると――。

「ガシャス、首尾はどうだ？」

「上々です。親天派の結束は予想以上に高まっています」

一瞬で、その話は聞くべきものではないと察した。

ヴィネ一族は貴族であり、悪魔社会の政治にも関与している。そのためエレミーは、二人の会話が政治の裏側に関するものだと瞬時に理解できた。

壁に半身を隠しながら、こっそりと会話の主を見る。

（あれは……天使？　どうしてここに？）

悪魔と天使は、政治的にも犬猿の仲だ。

そんな二人が政治の話をしているなんて――まるで、水面下で結託しているかのように見える。

（それに、あの悪魔の男は……ガシャス＝バラム？　どうしてバラム一族の跡取りが、天使なんかと密会しているんですかね～？）

疑心が膨らむ。

逃げるべきだという恐怖より、ヴィネ一族の長女として真相を探るべきだという使命感の方が勝った。

「政府中枢でも、親天派に鞍替えした悪魔が続出しています。……土台はほぼ完成したと言ってもいいでしょう。この分ならクーデターすら必要ありません。当代の魔王が退けば、いつでも親天派を中心とした政府が完成しますよ」

「ふふっ、これで魔界は我々天使の手に落ちる。……約束通り、バラム一族は『レメゲトン』の効果から外してやろう」

「ありがたき幸せ。いい取引ができましたよ」

「こちらの台詞だ。……まさか、代々魔王の宰相を務めるバラム一族が、悪魔を裏切って我々と手を組むとはな。悪魔にとってはさぞ絶望的なことだろう」

　エレミーは落ちついて話の理解に努めた。

ガシャス＝バラムが、悪魔を裏切り、天使たちと手を組んでいる……？　どうやら自分はその取引現場に遭遇してしまったらしい。

「ガシャス。分かっているとは思うが、次の魔王は貴様の息が掛かった者にしろ」

「そうしたいのは山々ですが……少々行き詰まっておりまして。なにせ魔王の資格を持つ者は全て反天派です。実力は勿論、意志の強さもありますので、交渉に難航しています」

「ならいっそ、これから資格を手に入れそうな悪魔を懐柔してしまえばいい。……丁度おあつらえ向きの悪魔がいるだろう。確か、バアル一族の御曹司だったか？　奴にグノーシスを与えてみればどうだ」

「……成る程、それはいい手ですね。実力は申し分ないですし、意志の強さは学生である以上、甘い部分が残っているでしょう。……上手くそこを突いてみせます」

バアル一族の御曹司とは、ライガット＝バアルのことだろうか。この男は幼い頃から次期魔王と呼ばれており、実際に今は悪魔学校で、二年生であるにも拘わらず序列一位の座に君臨している。……その男を、ガシャスは手駒にするつもりらしい。

事の重大性を理解すると同時に、ぶわりと冷や汗が吹き出した。

尋常ではない緊張を感じる。

無意識に後退った、その時――パキリ、と木の枝が折れる音がした。

「誰だッ!?」

天使の男が叫ぶ。

エレミーは恐怖を押し殺して、全力で逃走した。両足に風を纏い、とにかく少しでも遠くに逃げる。

「ちっ……とんだ失態だ。まさか盗み聞きされるとは」

天使の男が舌打ちする。

その隣で、ガシャスは顎に指を添えて考えた。

「あの青い角……ヴィネ一族だな」

一瞬だけ見えた、青色の角。

その特徴を持つ悪魔は、ある一族しかいない。

「ガシャス、どうするつもりだ？」

天使の問いに、ガシャスは笑みを浮かべた。

「死人に口なしと言うでしょう？」


気づけば夜になっていた。

物陰に隠れ、何時間も息を潜めていたエレミーは、漸く落ち着きを取り戻す。

（魔界の、端っこまで来ちゃいましたね……）

街の中心から随分と離れてしまった。

これだけ待っても追っ手がやって来ないのだから、恐らく追跡は諦めたのだろう。

幸い顔は見られていない筈。一度逃げ切ったなら、多少は安心してもいいだろう。

（家に帰って……お父様とお母様に、報告しなければ）

今日、聞いたことを自分一人で抱え込むのは難しい。

エレミーは警戒心を解くことなく帰路についた。

そして、家に着くと……違和感を覚える。

（……いつもより、静かですね？）

エレミーの家族は、どちらかと言えば庶民的な雰囲気を醸し出すことが多かった。言い換えれば……あまり貴族らしくない、良くも悪くも賑やかな家族だということだ。

しかし今、自分たちが住む屋敷は異様な静けさに包まれていた。

誰かの気配を感じない。まるで、もぬけの殻になったかのようだ。

本能が警鐘を鳴らす。

嫌な予感を抱きながら、エレミーは扉を開いた。

そのまま、足音を潜めてリビングに向かうと――。

――血まみれで倒れた、弟の姿があった。

慌てて近づこうとしたが、足が動かない。

動揺のあまり呼吸すらできなかった。

ゆっくり、倒れた弟の身体に触れる。

まだ温かい。しかし、息はしていなかった。

「あ、あぁぁあぁぁ…………ッ!?」

その場にへたり込み、エレミーは悲鳴を零した。

誰かいないか？　何かないか？　止めどなく溢れた恐怖を鎮めるために、エレミーは周囲を見回す。

だが、視界に入ったのは最悪なものだった。

死んでいるのは弟だけではない。

廊下の突き当たりには胸から血を垂れ流す母が、テーブルの下には胴体を切断されたもう一人の弟が、寝室の扉からは血の涙を流した父親の姿が覗いていた。

「なんだ、まだ生き残りがいたのか」

刹那、背後から声が聞こえる。

振り向いた直後、鋭いナイフがエレミーの胸に突き刺さった。

「が……ッ⁉」

「子供？　これで三人目だな」

激痛を感じていると、エレミーの目の前の空間が歪み、羊の角を生やした老人が現れた。

ガシャスだ。能力によって、姿を隠していたのだろう。

「退け、ガシャス」

横合いから声が掛かる。

次の瞬間、光の槍がエレミーの身体を串刺しにした。

そのまま吹き飛ばされたエレミーは、強く壁に打ち付けられる。

壁が崩壊し、大量の瓦礫がエレミーの身体にのし掛かった。

「ちまちまとナイフで突き刺すより、こうした方が早い」

「……流石でございます」

廊下の奥から現れた天使の男に、ガシャスが深々と頭を下げた。

「ヴィネ一族はこれで全員か」

「ええ」

二人は悠長に会話を始めた。

今の一撃で殺したと思っているのだろう。

しかしエレミーは――生きていた。

（どちらの攻撃も、急所を逸れている……。このまま耐えれば、生きられる……ッ！）

ボロボロと涙を流し、エレミーは恐怖と戦いながら耐える選択をした。

今、この場で生きていることを悟られれば、今度こそトドメを刺されてしまう。

ここで殺されるわけにはいかない。

いつか復讐する時のために――彼らの悪行を、見届けねばならない。

（ガシャス＝バラムゥ……ッ!!）

瓦礫の間から、家族を殺した悪魔と天使の姿を見据える。

見れば二人の周囲には、白い翼を生やした天使たちが他にも十人近くいた。ヴィネ一族の能力は戦闘向きで、決して弱いわけではないが……これだけ多くの天使に襲撃されれば、流石に分が悪い。父も、母も、二人の弟も、呆気なく殺されてしまった。

「言われた通り皆殺しにしたが、後始末は任せていいんだな？」

「ええ。長年、魔王の宰相を務めてきただけあって、我が一族は信用されていますから。……ヴィネ一族は以前から財政難でしたし、適当に夜逃げしたとでも吹聴しておきましょう」

ガシャスの言葉に、天使の男は薄らと笑みを浮かべた。

「しかし貴様、戦闘では殆ど役に立たなかったな」

「お許しください。我が一族の能力は《透化》……自分の姿を透明化するだけという、奇襲専用の力ですから。……だからこそ貴方と取引しているのですよ」

「ふん、能力はともかく、頭は使い物になるみたいだな」

天使の男は不敵に笑う。

「しかし、今のヴィネ一族に、レベル２に目覚めている者がいなくて助かりました。もしいたら、少々手こずっていたかもしれません」

「レベル2……悪魔が持つ、二段階目の能力だったか。それほど手強いのか？」

「ええ。ヴィネ一族のレベル2は極めて強力です。ここ一世紀近くは、使いこなせる者が現れなかったので影を潜めていますが、警戒するに越したことはありません。……そういう意味では、今のうちに滅ぼしておいてよかったかもしれません」

二人の男は悠長に会話を続ける。

この場に一人――エレミーが生き残っていることも知らずに。

◆

エレミーの過去を聞いた後。

俺は、いつの間にか自分が冷や汗をかいていることに気づいた。

「ガシャスさんが……裏切り者？」

「はい。以前、私はライガット＝バアルが裏切り者だと説明しましたが、その黒幕こそがガシャス＝バラムです」

いつものふざけた調子ではなく、極めて真剣な様子で、エレミーは告げる。

「一族を滅ぼされた私は、逃げるしかありませんでした。自身の無力に打ちひしがれながら、魔界の外を彷徨っていたところ……偶然、貴方と出会ったんです。そして、貴方の力があれば、ガシャスの思惑を阻止できるかもしれないと考えました」

そう言って、エレミーは真っ直ぐ俺の顔を見た。

「ケイル様。貴方の正体は人間です。今は私の眷属として、悪魔の肉体になっています」

衝撃的な事実が告白される。

しかし、それは……ぼんやりと思い出しつつある俺の記憶と、ぴったり符合する情報だった。

俺が、魔界のものではない青い空に見覚えがあることも、悪魔学校とは異なる学校に通っていたことも、今なら納得できる。

俺は——最初から魔界の住人ではなかったのだ。

「悪魔が眷属を作るための条件は、財産を捧げられることです。ケイル様は私に、記憶という財産を捧げました」

「そうか……それで俺は、記憶を……」

今度こそ、完全に辻褄が合う。

エレミーは本当に……全てを隠すことなく話してくれたのだろう。

まだ、目的を果たしていないのに。

本当なら、今後も俺を駒扱いした方が都合がいい筈なのに……ここで全てを打ち明けることにしたのだ。

「本当は……親天派とか、反天派とか、どうでもいいんですよ」

エレミーは、顔を伏せて言う。

「ただ、私は……どうしても、ガシャスを許すことができない。……それだけなんです」

その気持ちは、当然だろう。

未だに実感が湧かないが……エレミーは、家族を殺されているのだ。

エレミーは、どんな気持ちで魔界を去ったのだろう。

どんな気持ちで……俺と出会ったのだろう。

「顔を上げてくれ」

ゆっくりと顔を上げるエレミーに、俺は考えを述べる。

「エレミーの事情はよく分かった。勝手に俺を眷属化したことについては、やっぱり複雑だが……俺も、ガシャスは許すべきではないと思う」

そう言って俺は、立ち上がった。

テーブルの上にあるペン立てからボールペンを取り出す。

「だから……最後の決戦くらい、付き合おう」

ウォレンから受け取った、序列委譲承諾書を取り出す。

そこに俺は――サインを記した。

「エレミー。一緒に戦うぞ」

「…………はいっ！」

◆

エレミーの事情を全て知った翌日。

俺たちは、悪魔学校へ向かっていた。

「そうか。ライガットは、ガシャスから薬を受け取っていたのか」

「はい。薬の名前はグノーシス。……恐らくその効果は、ウォレン様が仰っていた通り、亜人の種族特性を強化するものと見て間違いないでしょう。……ガシャスは、グノーシスを取引材料にして、ライガット様を傀儡にするつもりです」

エレミーが神妙な面持ちで告げる。

そういう意味ではライガットも被害者だ。ウォレンも、あくまでライガットは誑かされたと言っていた。……俺にとって、ライガットはまさに強者そのものに見えていたが、ガシャスの魔の手が入り込むような弱みがあったのかもしれない。

いずれにせよ、ライガットに関しては頭で考える必要はない。

次の序列戦で直接確かめればいいだけだ。

「ケイル様。序列戦のスケジュールについてですが……」

「……今日申し込んで、明日戦うつもりだ」

エレミーの事情は分かったが、俺が記憶を早く取り戻したいのも本音である。

しかし、焦っているつもりはない。

少なくとも俺は――勝算はあると思っている。

「ケイル様。ヴィネ一族のレベル２についてですが……」

その問いに、俺は自信を持って答えた。

「大丈夫だ。なんとなく、使い方は分かっている」

目を丸くするエレミーに、俺は続けて言った。

「昨日、エレミーに真相を聞いてから、なんとなく調子がいいんだ。……特に、俺がエレミーの眷属であると知ってからは、この悪魔の身体がしっくりきている」

以前から、この身体には違和感を覚えることが多かった。

自分は悪魔である筈なのに、何故か悪魔の身体では再現できないような技の数々が、感覚として残っていたのだ。

俺は人間で、今は悪魔の眷属となっている。

ならきっと——他の亜人の眷属になった時もあるのだろう。

それが、俺の身体に刻まれていた不思議な感覚の正体だ。

「……こんなことなら、最初から正直に事情を打ち明けておくべきでしたね～」

エレミーがその顔に後悔を滲ませて呟く。

「それは……どうだろうな。別に俺は、正義の味方というわけじゃないし、正直に説明されていたら逃げていたんじゃないか？」

「いえ、ケイル様は正義の味方ですよ～。皆のヒーローってやつです」

「そんな馬鹿な」

いつもの冗談だろう。

昨日から不安定な状態だったエレミーも、少しずつ本来の調子を取り戻しているのかもしれない。

その時——俺たちの傍を、二人の兵士が横切った。

どちらも酷く焦った様子だ。

「急げ！　とにかく急げッ！」

「もう少し腕の立つ兵士を呼んで来い！　たった二人と言えど絶対に油断するな！　あの吸血鬼と獣人……尋常ではなく強いぞ！」

兵士たちは急いで魔界の外側へと向かう。

二人組の襲撃者……俺が悪魔学校へ通い始めた頃から、ずっと耳にしている騒ぎだ。

「エレミー。以前から気になっていたが、もしかしてこの騒ぎは……」

「……ケイル様のお仲間が、ケイル様を取り返そうとしているみたいですね」

なんとなく、そんな予感がしていた。

俺の記憶が奪われた時期と、襲撃者が現れるようになった時期が符合する。それに……吸血鬼や獣人といったキーワードを聞くと、頭の中にぼんやりと二人の少女が思い浮かぶ。

多分、俺はその二人に心当たりがあるのだろう。

きっとその二人は、俺を探してわざわざ魔界にまで来てくれたのだろう。

最低でも、無事を伝えたい。

「エレミー。少し、行ってくる」

「あ……」

兵士たちが向かった方へ歩き出すと、エレミーがか細い声を零した。

振り返ると、エレミーはまるで見捨てられた子供のように、不安気な顔をしている。

その姿を見て、俺は落ち着いてエレミーに告げた。

「心配するな。ちゃんと戻ってくるから」

「…………はい」

エレミーが抱える不安は巨大な筈だが、彼女はそれを飲み込み、頷いてみせた。

魔界は、城塞都市のように壁で囲まれており、出入りは東西南北にある四つの門からでしかできない。但し、魔界は都市ではなく国家規模の土地を持っているため、コストの都合上、その壁はお世辞にも頑強とは言えなかった。高さもあまりないため、物理的な侵入者対策としては些か心許ない設計だ。

だから、外壁の近辺には多数の兵士が配置されている。

エレミーの家族を殺した天使たちは、恐らくガシャスの手引きによって兵士たちの目から逃れたのだろう。しかし、どうやら襲撃者たちには魔界に侵入するためのツテがないようだ。だから何日も派手に争っているのだろう。……それで未だに捕らえられていないとは、よほどの実力者であることが窺える。

「待て、そこの男！」

兵士たちの後を追って外壁に近づこうとしたら、待機していた他の兵士に止められた。

「ここから先は危険だから、門に向かいたいなら遠回りしてくれ。……先日から、吸血鬼と獣人に何度も襲撃を受けているんだ。戦いに巻き込まれる前に、立ち去りなさい」

純粋にこちらの身を心配してくれているのが分かる。

しかし、申し訳ないが俺はその二人に用があった。

「その二人とは、知り合いです」

「え……？」

「通してください」

目を点にして驚く兵士を他所に、俺は襲撃者たちがいるらしい方へと向かった。

強烈な破壊音が響く。吹き抜けた風が砂塵を払い、その先に広がる光景が見えた。既に外壁は破壊され、二十人近くの兵士たちが倒れていた。

——凄まじい戦いだ。

噂通り襲撃者は二人いる。

一人は銀髪の吸血鬼。吸血鬼の種族特性である血液の操作を駆使して、血の斬撃を次々と放っていた。屈強な悪魔の兵士が、纏めて吹き飛んでいる。

もう一人は金髪の獣人。その耳と尻尾は虎のものだ。身体の一部を獣のものに変えて、迫り来る兵士たちを纏めて薙ぎ倒している。

そんな二人の姿を見て、俺は無性に懐かしい気分になった。

頭は覚えていなくても身体は覚えている。『血舞踏』に『獣化』……どちらも、かつて俺が世話になった力だ。そして、その力は彼女たちから授かったものだ。

「ケイル君⁉」

「ケイル！」

懐かしい気分に浸っていると、大きな声で名を呼ばれる。

二人の少女が、俺の存在に気づいて驚愕していた。

「その角……！　やっぱりケイル君、悪魔の眷属に……っ！」

吸血鬼の少女が、俺の頭に生えた青い角を見て言った。

両脇で待機していた悪魔の兵士たちが、俺の眼前で槍を交差させる。……これ以上、少女たちに近づいては危険だと暗に告げているのだろう。

「……悪い」

その気になれば、一歩を踏み出せる。

しかし俺は、そこで足を止めて二人に謝罪した。

「もう少しだけ、待っていてくれ。……まだ、やり残したことがあるんだ」

俺は、彼女たちのことをよく覚えていない。

だがきっと二人とも大切な友人だったのだろうと確信している。それでも、今の俺には他に優先するべきことがあった。

「それが終われば、必ず帰ってくる」

決意を告げると、少女たちは深く溜息(ためいき)を吐いた。

「また、何かに巻き込まれたんだね」

「……なんとなく、予想していたわ」

少女たちはあまり驚かなかった。

どうやら俺は過去にも同じようなことをしていたらしい。

「私たちも、以前は巻き込んだ側だったわけだし……引き留めることは、できないかな」

「そうね。……ケイルが自分で決めたことなら、それでいいわ」

それなら問題ない。

今までは自分で決めていなかったが——次の戦いだけは、自分で決めたことだ。

「二人とも……また後で」

少女たちに別れを告げて、再び俺はエレミーのもとへ戻った。

石畳(いしだたみ)の道を暫(しば)く歩くと、思ったよりも早くエレミーと合流する。どうやら俺の後を追って近くまで来ていたらしい。

事の顛末を見届けていたらしいエレミーは、儚げな笑みを浮かべていた。

「エレミー、どうかしたのか？」

「……いえ。ヒーローは、独占できるものではないと、今更ながら理解しました」

「……どういう意味だ？」

尋ねると、エレミーは「さぁ？」と惚けた様子を見せた。

そのまま二人で悪魔学校へ向かう。

もう、エレミーは不安気な表情を見せなかった。

「ケイル＝ヴィネ。待っていたぞ」

学校の門を跨いだ直後、よく通る声が聞こえた。

振り向けば、獅子の如き強靱なオーラを纏った、金髪の男がこちらを見ている。

「ライガット……」

生徒たちが序列一位の男に注目し、集まってくる。

大勢の悪魔たちに囲まれる中、ライガットは訊いた。

「私に、挑むのだろう？」

その問いに、俺は覚悟と共に答える。

「――ああ」

【序列戦 スケジュール】

・序列1位決定戦

日時：9月3日 17時00分

場所：グラウンド

挑戦者：ケイル＝ヴィネ（序列2位）

応戦者：ライガット＝バアル（序列1位）

第四章　弱さを砕く

九月三日、午後五時。

悪魔学校のグラウンドには大勢の悪魔たちが集まっていた。

これからグラウンドで、序列一位決定戦が行われる。

まだ挑戦者も応戦者も姿を現わしていないというのに、グラウンドには既に熱気が立ち込めていた。

控え室からそんな光景を目の当たりにして、俺はゴクリと唾を飲む。

「……学外からも、観客が来ているのか」

「ウォレン様の時と違って、今回の挑戦者は、新進気鋭で注目されているケイル様ですからね～。学校もお祭りのように考えているのでしょう」

魔界でそれなりに注目を集めている俺の戦いということもあり、今回は色んなところから観客が来ていた。

段差のある観客席は昨晩、教員たちが徹夜で用意したらしい。よく見れば特別豪華な来賓席も用意されており、そこには如何にも貴族らしい、贅沢な衣服で着飾った悪魔が座していた。

「……そろそろだな」

いよいよ、ライガットとの序列戦だ。

気合を入れて、控え室を出ようとすると……エレミーが背中に抱きついてきた。

「ケイル様。……どうか、ご無事で」

背中に触れるエレミーの身体は小刻みに震えていた。

その様子に、俺はほんの少し安心した。……自分よりも、自分のことを心配してくれる人がいる。その、なんと心強いことか。

「行ってくる」

エレミーの、期待と不安を背中に感じながら、俺は戦場へ足を運んだ。

最後の決戦——きっと俺が、悪魔でいられる最後の時間だ。

歓声が耳を劈く。

観客たちの間を抜け、グラウンドの中心に出ると、ライガットが佇んでいた。

「お前が、本物か」

俺を見て、ライガットが小さな声で呟く。

「本物？」

「……気にするな。旧友の冗談を、真に受けるつもりはない」

旧友とは誰のことだろうか。心当たりはウォレンしかいない。

ウォレンが俺について何か言っていたのだろうか。……今はそんなこと関係ないか。

「ライガット。先に、こちらの目的を伝えておく」

これだけ歓声が響いていれば、俺たちの声は誰にも聞こえないだろう。

俺は堂々と、ライガットに告げた。

「俺は、お前を倒した後……ガシャスの身柄を押さえるつもりだ。グノーシスという薬についても、公にさせてもらう」

「……そうか。そこまで知っているのか」

ライガットは神妙な面持ちで相槌を打った。

「グノーシスを使っているという話は、本当だったんだな？」

「今更、否定する気はない。……グノーシスは亜人の種族特性を強化する薬だ。元は注射器で接種するタイプの薬だったが……ガシャスが改良して、錠剤にした」

ガシャスと協力している件についても、ライガットは隠さない。

その微塵も後ろめたさを感じていない様子に、小さな苛立ちを覚えた。

「ライガット。お前は、ガシャスがヴィネ一族を滅ぼしたことを知っているのか？」

「ああ。既に聞かされている」

「……その上で、協力しているのか？」

訊くと、ライガットは情けない笑みを浮かべた。

「そうだ。それが、序列一位の正体だ」

丁寧……いや、開き直ったようにライガットは言った。

審判が現れ、俺たちの顔を見る。

序列戦が始まる直前、ライガットは告げた。

「どうか——私の弱さを砕いてくれ」

戦いの火蓋が切られた。

◇

嵐と雷が衝突し、眩い閃光が舞い散る花の如く、グラウンドの中心で咲きこぼれた。

その光景を、エレミーは……リリ、アランと共に眺める。

初手はお互い、小手調べのようなものだった。

今更、互いの実力など知る必要はない筈だが――ケイルもライガットも、神妙な面持ちをしている。知識として理解していた相手の強さを、今、実際に身体で感じ取ったのだ。

「で？　結局、勝算はあんのかよ？」

アランが、グラウンドの中心に立つケイルを見据えて訊く。

「ライガット様の強さには隙(すき)がありませんから、これといった策は用意できませんでしたね～」

「ってことは、純粋に正面からぶつかり合うってことか」

アランが難しい顔をする。

エレミーと同じく、アランもケイルの実力を知る身だ。しかし同時に、ライガットの実力も知っている。搦(から)め手(て)があるならともかく、正攻法(せいこうほう)で挑むとなれば、その勝率は予想できない。

「少なくとも、才能という点なら、ケイル様は決して劣(おと)っていないと思いますよ」

稲妻(いなずま)が走り、風がうねるグラウンドを眺めながら、エレミーは言った。

「ヴィネ一族の《狂飆(きょうひょう)》には、五つの技があります。昨日、ケイル様がその修練を行ったところ……たった半日で、全てを習得してみせました」

ウォレンとの戦いでケイルが使用した、《疾風槍の雨(レーゲン・ドラグニル)》という技は、ケイル自身が編み出したものであるため計算に含(ふく)んでいない。

昨日教えた技は、どれも簡単に習得できるものではなかった。

冷静に思い返せば、ケイルは《疾風槍(ドラグニル)》もすぐに習得していた。あの時点で片鱗(へんりん)は見えていたのだろう。

「や、やっぱりケイル様は、天才ね……っ！」

「そうですね～」

興奮したリリに、エレミーも同意する。

実際は――天才どころではない。

ライガットがドーピングによって強化されていることを考えると、才能の一点に関して言えば、ケイルの方が勝っている可能性が高いだろう。

「……やはり、私の目に狂(くる)いはありませんでした」

仄(ほの)かな罪悪感はある。

過程は必ずしも正しかったとは限らない。断言できるのは、ケイルを眷属にした自分の判断が間違(まちが)っていなかったということだ。

その圧倒的(あっとうてき)な才覚を期待していた。

誰も寄せ付けない、天賦(てんぷ)の強さを――。

「ケイル様は――――誰よりも魔王に相応しい」

◆

嵐と雷が幾度も衝突を繰り返す。

お互い、調子は上々のようだ。終始冷静に戦ってみせるライガットに、俺はこのままでは勝てないことを悟る。だがそれは相手も同じ筈だ。ただの雷で、俺が負傷することはない。

――ここからは、技の応酬。

決着をつけるための、本格的な戦いが始まる。

「《疾風槍》ッ!!」

疾風の槍を放つ。

対し、ライガットも掌をこちらに向けた。

「《雷槍》」

疾風の槍が、稲妻の槍によって相殺される。

だが、ライガットの攻撃はこれで終わりではなかった。

「《雷弩砲》」

雷の砲撃が放たれる。

先程の槍と比べ、火力が桁違いに高い。

先程と同じように相殺することは不可能だと悟った俺は、瞬時に右手を地面につけた。

「――《嵐勢陣》」

昨日、新たに習得したヴィネ一族の技を使う。

自身を中心に、厚みのある嵐を壁のように展開する技だ。

ライガットが放った雷の砲撃は、嵐の壁に直撃し、バチバチと轟音を響かせながら徐々に失速した。

攻撃を防げたからといって、一息つく暇はない。

いつの間にか、ライガットは俺の頭上に跳躍していた。

「その技、頭上に穴があると見た」

流石、戦い慣れている。確かな観察眼だ。

ライガットの言う通り、《嵐勢陣》は直上からの攻撃だけは防げない。

だが、そんなことは当然、技を使っている俺自身が一番理解している。

「敢えて、そうしているんだ」

空中なら避（さ）けられないだろう。

頭上からライガットが攻（せ）めてくると予想していた俺は、用意していたもう一つの技を発動した。

「──《爆嵐槍（ジャベリン）》ッ!!」

俺が初めて習得した《疾風槍（ドラグニル）》の強化版である技を放つ。

直撃すれば爆風（ばくふう）が放たれる、凶悪（きょうあく）な槍だ。速さだけでなく威力（いりょく）も高い。

これなら決まると思ったが──。

「火力で負けているつもりはない」

ライガットはあっさりと、雷の砲撃で俺の槍を相殺してみせた。

先程も使用していた《雷弩砲（バリスタ）》だ。この技……思ったよりも汎用性（はんようせい）が高い。

「《雷電流（カーラント）》」

大量の雷が、地面を這（は）うように迫り来る。

これは……ウォレンの《獄炎流（オウラ）》と似た技か。

それなら軌道（きどう）も読める。

こういう時に、使うべき技は──。

「──《風靴（エアリアル）》」

両足に風が纏(まと)わり付く。

ふわり、と身体が浮いた。

風を操作し、地面を這う雷が届かない位置まで浮上(ふじょう)する。

そのまま宙に留(とど)まる俺を、ライガットは鋭(するど)く睨(にら)んだ。

「芸が多彩(たさい)だな。ヴィネ一族の《狂飆》は私も知っているが、それほど流麗(りゅうれい)に技を使い分けられるとは、驚嘆(きょうたん)に値する」

「……それでも、お前に届かなければ意味がない」

そう告げると、ライガットは小さく笑った。

「惜(お)しいな。それさえ望まなければ、何もかもが手に入っただろうに」

ライガットが頭上に手を掲(かか)げる。

その掌に雷が集束し——一気に弾(ひ)けた。

「——《黄雷宮殿(パレス)》」

雷の宮殿(きゅうでん)が顕現(けんげん)する。

頭上に稲妻のアーチができ、目と鼻の先を小さな閃光が走った。

宙に浮いたままだと、あっという間に焼け焦(こ)げてしまうだろう。

「空は封(ふう)じた。地に落ちてもらう——」

ライガットが不敵な笑みを浮かべて言う。

だが、地面に下りた俺は――両足に風を纏ったまま、強く大地を蹴った。

吹き荒れる風を推進力にして、一瞬でライガットに肉薄し――ゼロ距離で嵐を放つ。

「ぐ……ッ!?」

「《風靴》は、宙に浮くためだけの技ではない」

この技は機動力そのものを強化する技だ。

後方へ吹き飛ばされたライガットは、呻き声を漏らしながら体勢を整えた。

「……ケイル＝ヴィネ。ウォレンとの戦いでは、手を抜いていたのか？」

ふと、ライガットはそんなことを訊いていた。

質問の意味が分からず首を傾げると、ライガットは補足する。

「今のお前は、あの時とは大違いだ。単純に強くなったというより……根本的に、何かが変わったように感じる」

そんなライガットの言葉に、俺はここ数日のことを思い出した。

何かが変わったとしたら、それはやはり、エレミーの本心を聞いたからだろう。

「……別に、大きな変化があったわけではない」

バチバチと音を立てて迸る雷の渦中で、俺は告げた。

「ただ……自分の背負っているものを、正しく認識しただけだ」

家族を皆殺しにされたエレミーの願い。

ガシャス＝バラムが企てた、悪魔への裏切り。

そういうものを強く意識すればするほど、全身から力が込み上げてくるような気がした。

「……ウォレンの言葉は、正しかったか」

ライガットが呟く。

「私のように反則を使うことなく、お前は常識の壁を軽々と跳び越えたのだな。……その素質、かつては喉から手が出るほど欲しかった」

諦念の笑みを浮かべながら、ライガットは言った。

その時、周囲から絶え間なく聞こえていた雷の音が、急に聞こえなくなった。

——雷が消えた？

違う。

これは——見えなくなったんだ。

「レベル2……《不可視の雷霆》」

ライガットがレベル2の発動を宣言する。

瞬間、俺は最大限の警戒を抱いた。

「――《不可視の雷槍（クリア・ランサ）》」

目には見えない槍（やり）が放たれる。

軌道が直線の技だ。反射的に真横へ飛び退（の）くと、次の瞬間、先程まで立っていた地面に雷の槍が突き刺（つ）さ（さ）った。

「《不可視の雷電流（クリア・カーラント）》」

ライガットが掌を地面にあてる。

その動作は確か、地面を這う雷を放つ技だ。瞬時に《風靴（アリアル）》を発動して、跳び上がる。

直後、背中が焼けた。

「が――ッ!?」

忘れていた。頭上には《黄雷宮殿（パレス）》が広がっている。

当たれば見えるという情報は正しいようで、雷に触（ふ）れた瞬間だけ、俺の目には辺り一帯を覆（おお）う雷が見えた。

しかし、これは――。

「見えないだけでは、ない……ッ!?」

「鋭いな」

疑問を口に出すと、ライガットは不敵な笑みを浮かべる。

「《不可視の雷霆》の、正確な効果は……当たるまで認識できない雷だ」

その説明に納得する。

ライガットの雷は、見えないだけでなく音も消えていたのだ。

「勝算がないなら、ここで降参しろ。時間の無駄は避けたい」

悠々と告げるライガットに、俺は呼吸を整えながら告げる。

「……自惚れるな」

掌に風を集束しながら、言った。

「レベル２を使えるのは、お前だけではない」

◇

ケイルとライガットが睨み合う中。

観客たちは、レベル２を発動したライガットの実力を改めて思い知り、固唾を呑んで勝敗の行方を見届けようとしていた。

「おいおい……このままだと、兄貴の二の舞だぞ」

アランが心配そうに呟いた。

対し、エレミーは焦ることなく戦いを見守っている。

「大丈夫ですよ。ケイル様も、レベル2を習得しましたから」

「……やっぱ、してんのか」

アランが表情を引き攣らせた。

レベル2は、悪魔の中でも選ばれし者しか到達できない境地だ。人間であるケイルがそこに辿り着くというのは、やはり異常な話だが……今更である。

（……ガシャス＝バラム。あの日、貴方がヴィネ一族を滅ぼしたのは、口封じ以外にもう一つの狙いがある）

観客に交じって、ガシャスは戦いを眺めていた。

その目に余裕の色はない。

（私たちヴィネ一族の能力は、本来なら悪魔の中でも特に強い。ただ、その力を使いこなせる者が少なくて、近年は目立っていなかっただけ。……貴方はそれを知っていた）

近年のヴィネ一族は、誰もその能力を完璧に使いこなすことができなかった。だが、かつてのヴィネ一族は、その能力を十全に発揮して、魔王の右腕とすら呼ばれていた頃がある。ヴィネ一族は本来、バアル一族に勝るとも劣らないほど戦いに長けた血統なのだ。

ガシャスはそれを知っていたのだろう。代々、悪魔族の宰相を引き受ける、バラム一族の嫡男であるガシャスは、魔界の歴史にも詳しい筈だ。

（ガシャス。貴方は――ヴィネ一族を恐れていた）

バアル一族の御曹司、ライガット＝バアルを手駒にする算段があったとしても、ガシャスはヴィネ一族のことを脅威だと感じていたのだろう。だから、口封じのためとはいえあそこまで過激な手段を取った。

湧き上がる悔しさに、エレミーは唇を噛む。

本当は……自分に、戦う力があればよかった。けれど自分では、ヴィネ一族の力を使いこなすことができなかった。

だから、ケイルに頼るしかなかった。

エレミーは、誰にも聞こえないような小さな声で呟く。

「――私たちの力を、思い知れ」

◆

目には見えない雷が迫り来る。

その恐怖に負けることなく、俺は掌を正面に向けた。

「レベル2――――」

掌に集束した嵐が、普段よりも更に暴力的に渦巻く。

俺はそれを、解き放った。

「――――《掻き消す狂飆》」

暴風が破裂した瞬間。

見えない雷が、俺の目の前で霧散した。

認識できなかった雷が、散り際にその姿を見せる。ライガットが放った強靱な雷は、まるで振り払われた火の粉の如く呆気なく弾けた。

「……なんだ？　今、何をした……？」

ライガットが目を見開いて驚愕する。

これまで俺が使っていた嵐と、今俺が使った嵐。その本質がまるで異なることを、ライガットは瞬時に察したらしい。

「ヴィネ一族のレベル2、《掻き消す狂飆》の効果は――――能力の無効化」

唖然とするライガットに俺は告げる。

前兆はあった。序列二位決定戦の時、ウォレンの炎を、俺の嵐で消滅させた時だ。

この力があれば、リリの《魅了》を無効化することもできる。

無効化の対象は悪魔の能力だけではない。《掻き消す狂飆》は、相手が獣人だろうが吸血鬼だろうが、全ての異能を無に帰す力だ。

「雷が見えるかどうかなんて、もう関係ない」

ライガットは無言でこちらに掌を向けた。

見えない雷が迫る。しかし、もう焦る必要はない。

荒れ狂う《狂飆》を、さながら鎧の如く全身に纏う。

「この力は——嵐の如く、全てを掻き消す」

飛来した雷が、嵐の鎧に触れると同時に、弾けて消えた。

その光景を目の当たりにして、ライガットは——。

「……成る程」

小さく吐かれた声を聞いて、俺は眉間に皺を寄せた。

動揺がない。焦りも、恐怖もライガットは感じていない。

ただ、淡々と——戦う意志を滾らせている。

「《雷槍》」

先程と同じく、見えない雷が走る。

だが、その槍は俺の纏う嵐に触れた瞬間、弾けて霧散した。

「《雷弩砲(バリスタ)》」

再び不可視の雷が放たれる。

先程よりも威力が高い。雷そのものは見えないが、その衝撃波(しょうげきは)は地面を抉(えぐ)り、次の瞬間には俺の身体を貫(つらぬ)こうとしているのが分かった。

だが、その雷すらも――。

「――搔き消せ」

右手を前に出し、嵐を周囲に解き放つ。

暴風が、雷を搔き消した。

しかしその直後、

「《雷槍(ランサ)》、《雷弩砲(バリスタ)》」

ライガットの左右に二種類の雷が生まれる。

二つ同時に……？

何のためにそんなことをしているのか分からない。ただライガットは、二つを同時に生み出したにも拘(かか)わらず、それらを一つずつ放った。

最初に《雷槍(ランサ)》、その次に《雷弩砲(バリスタ)》。それぞれを無効化する。

「反則じみた力だと思ったが、無敵というわけではないようだ」

ライガットは得心したような顔で言った。

「その力、射程が短いな。恐らく、触れていなければ無効化できない。先程の二つの雷をバラバラで無効化したことも……今なおこの空を覆っている《黄雷宮殿》を無効化しないことも、それが理由だろう」

ライガットの指摘に、俺は沈黙した。

正解だ――《掻き消す狂飆》は、俺が直接触れられる範囲のみで効果を発揮する。

バチバチと音を立て、依然として残っている雷の宮殿がそれを物語っていた。この力に射程の制限がなければ、今頃ライガットの技は何もかも消滅している。

だが、ライガットなら、その先にある真実も理解しているだろう。

「だから、なんだ」

ライガットの額から汗が垂れた。

その顔からは少しずつ余裕が剥がれ落ちる。

アテが外れたのだろう。ライガットは強靱な精神力で冷静な思考を保ち、俺の《掻き消す狂飆》の弱点を見抜いた。しかし、その弱点を知ったところで――。

「お前はもう、俺を傷つけることができない。……この勝負、お前の負けだ」

ライガットが、その表情を歪める。

「負け、か……」

ライガットは、この状況に納得していない様子だった。

まるで、敗北の実感がないかのように。

「……もし、これが序列戦でなければ、私が勝つ可能性はまだあった」

小さな声でライガットは言う。

「例えば奇襲。例えば人質。お前を倒す方法は幾らでも思いつく。だが、この序列戦ではそれらが使えない。……それだけのことだ」

複雑な表情でライガットは告げた。

何が言いたいのか俺にはよく分からない。だが、一つだけ確かなことがある。

「その序列戦から逃げたのは、お前だろ。ライガット」

グノーシスという反則を使って、この男は序列戦そのものから逃避した。

序列戦から逃げた男が、序列戦を軽視するなど、滑稽極まりない。

「……そうだな」

俺の言葉を認めたライガットは、儚い笑みを浮かべた。

「気づいてしまった。……序列戦で負けた程度では、もはや私は止まらない。私は一欠片の希望もない、徹底的な敗北を味わう必要があるようだ」

そう言って、ライガットは懐から青色の錠剤を取り出す。

「それは、グノーシスか……ッ!?」

「ガシャスから連続服用は禁じられているが、使わせてもらおう」

ライガットは、躊躇なく錠剤を飲み込んだ。

亜人の種族特性を強化する薬――グノーシス。ライガットは既にそれを服用している筈だが、それを更に服用した今、どうなってしまうのか。

「序列戦はここまでだ」

錠剤を飲み込んだライガットが言う。

「最後まで付き合ってもらうぞ。ケイル＝ヴィネ」

そう告げた直後、ライガットからとんでもない威圧感が解き放たれる。

肌が粟立つ。少しでも気を抜けば、次の瞬間には気絶してしまいそうな迫力だった。

「ライ、ガット……ッ!!」

熾烈な戦いを繰り広げたせいか、ライガットの考えが徐々に分かるようになった。

そもそもライガットには、魔王になるという野心がない。いや、最初はあったのだろうが、それをガシャスに利用されているうちにすっかり薄れてしまったのだろう。

結果、ライガットに残ったのは保身のみ。

自分では今の立場を捨てられないから……誰かに無理矢理、捨てられることを期待しているのだ。

それはもう、序列戦では捨てきれないほど大きな保身なのだろう。

だからライガットは——殺し合いを始めた。

『あああぁぁあぁぁぁぁあァアァアァアァァァアァアァ————ッッ!!』

ライガットの全身が、激しい雷に包まれる。

その姿は雷の化身と言ってもいい。膨大な雷が凝縮された塊だった。

ライガットの頭上に、大きな雷の槍が現れる。

もう殆ど頭が回っていないのだろう。その雷は不可視のものではない。しかし、今のライガットは、搦め手など必要としないほどの強さを手に入れている。

——マズいッ!!

稲妻が走る。瞬間、俺はレベル２の能力《掻き消す狂飆》を発動した。

「が——ッ!?」

威力が高すぎて、完全には無効化できない……っ！

衝撃を散らすことができず、大きく吹き飛ばされる。激痛が全身に走った。

唇から垂れ落ちた血を手の甲で拭う。

すると、雷に包まれたライガットが、右手を天に掲げていた。

「何を、する気だ……っ⁉」

嫌な予感がする。

次の瞬間――黄色い稲妻が、学校全体に広がった。

『……《黄雷宮殿》』

今までとは桁違いの出力で、雷の宮殿が展開する。

それは、グラウンドだけでなく……この学校の全てを包み込んだ。

「きゃああああああああっ⁉」

「に、逃げろおぉおぉおぉお――ッ‼」

暴力的な雷が、いたるところで迸る。

観客が巻き込まれている。《掻き消す狂飆》で咄嗟に守ろうとしたが――間に合わない。

「――《炎帝馬》ッ‼」

炎の馬が、観客たちに迫っていた雷を受け流した。

「ウォレン⁉」

「序列戦は中止だ。……あの野郎、墜ちるところまで墜ちやがったな」

ウォレンは強く歯軋りしながらライガットを睨んだ。

一部始終を知らない者が、あの雷の塊を見て、ライガットだと認識することは不可能だろう。化物の二文字が脳裏を過ぎる。

瞬間、あちこちから聞こえていた悲鳴が急に止まった。

不意に訪れた静寂の中、リリの声が響き渡る。

「か、観客は、私の《魅了》で遠くまで誘導します……っ！」

「リリ、よくやった！」

「は、はいっ！　ありがたき幸せ！　で、でで、でも、このままだと――っ⁉」

相変わらず謎の忠誠心の高さを発揮するリリも、今は激しく焦燥していた。

「ケイル様ッ‼」

観客席の方から、エレミーが走って近寄ってきた。

「エレミー、ここは危ないから早く何処かへ――っ⁉」

「ですが、あのライガット様が相手では、ケイル様も無事では済みません！」

その言葉に俺は硬直した。

エレミーは俺と違って、レベル2に至ることができなかった。しかし、それでもこの力の本来の持ち主はエレミーだ。……だから、分かったのだろう。今の俺では、あそこまで肥大化したライガットの力を、無効化することはできない。

それでも――。

「やるしかない。……きっとあれが、ライガットにとっての、最後の砦なんだ」

今のライガットは、かつてないほど強い。

だが俺は、あれこそがライガットの内側に秘められていた弱さだと思った。

ガシャスの思惑も、ライガットの弱さも、全部消し飛ばさなければ俺たちの問題は解決しない。だから俺は――今のライガットを倒さなければならないのだ。

「……一つだけ、勝つ方法があります」

小さな声でエレミーが言った。

「もう一度、私と契約してくれませんか？」

「契約……？」

「ケイル様は、記憶を代償にして私の眷属になりました。ですが今、ケイル様は少しずつその記憶を取り戻しています。……つまり、眷属化の効力が弱くなっているんです。ですから、もう一度私と契約すれば……ケイル様が再び私に記憶を捧げれば、本来の力で戦うことができる筈です」

眷属化の効力が弱くなっているということは、俺の悪魔としての能力も落ちているということだ。そのために、再契約を提案しているのだろう。

だが、もう一度契約するということは――。

「虫がいい話なのは自覚しています。……流石に、信用できませんよね。また私に記憶を捧げるなんて。……折角、ケイル様は大切な人たちのことを、思い出しつつあるのに」

視線を下げてエレミーが言う。

そんな彼女に、俺は小さく呼気を吐いて、笑った。

「エレミー」

はっきりと、伝えなければならない。

「俺はもう……とっくに、お前のことを信じている」

エレミーが目を見開いた。

今更、何を驚くことがあるのか……俺は、エレミーの正体を聞いた日から、ずっと覚悟を決めていた。だから、あの吸血鬼の少女と、獣人の少女のもとに帰らなかったのだ。

「おい！　何をするかは知らねぇが、やるならとっととしやがれッ!!」

すぐ傍で、荒れ狂う雷を劫火が押し返した。

ウォレンの弟、アラン＝ベリアルが、苦悶の表情を浮かべている。

「やべ――っ」

アランの炎が雷に飲み込まれる。

巨大な稲妻が、俺とエレミーに食らい付こうとしていた。

「――《水塊槌》」

大きな水塊が、雷を弾く。

更にその余波を、地面が盛り上がってできた鋼の盾が防いだ。

驚く俺たちの前に、見知った二人の悪魔が現れる。

「お前たちは……どうして、ここに」

疑問を口に出した俺に、二人の悪魔は振り返って答えた。

「君に負けたとはいえ、一応、悪魔学校を代表する生徒だからね」

「状況は把握している。時間を稼げばいいんだろう?」

元序列五位のフランキス＝パイモン。

元序列四位のアルケル＝ザガン。

二人はそれぞれ《水禍》、《錬金》の一族だ。その力は今、とても頼もしく感じた。

エレミーと顔を見合わせる。

俺たちは、決意を露わにして頷いた。

「……ケイル様。その場でしゃがんで、私の掌に頭をあててください」

言われた通り、俺は地面に膝をついて屈み、頭をエレミーの掌に近づけた。

自然と、エレミーに傅く体勢となる。

キィン、と不思議な音が響いた。見れば足元に、赤い幾何学模様が刻まれている。模様は赤く発光しており、俺とエレミーの二人を円で囲んでいた。

「悪魔の眷属になるには、財産を捧げなければいけません。……財産とは、その人が大切にしているものです」

エレミーは、その掌を俺の頭にあてながら言った。

「今一度、ケイル様の……人間だった頃の記憶を、いただきます」

それは間違いなく、俺にとって財産だ。

大切な人たちとの記憶を、俺は再び――エレミーに捧げる。

「ああ。預かってくれ」

頭の中から、何かが消える。

夢を見る度に少しずつ取り戻していた、俺の人間だった頃の記憶が、再び霞んだ。

大切な人たちが遠ざかるような感覚を覚える。……正直、怖い。エレミーが俺を裏切らないことは分かっているが、それでも本能が記憶の消失に警鐘を鳴らしている。

その時――エレミーが、両手で俺の頬を撫でる。

そして俺の額に、エレミーの柔らかい唇が触れた。

「今のは、ただのおまじないです」

エレミーが、頬を赤く染めながら言う。

その顔を見て——俺の中から恐怖が消えた。

「ありがとう、エレミー」

その柔らかい笑みを見て、俺は腹を括ることができた。

身体の奥底から、無限に力が湧いてくる。

——勝つ。

今の俺はきっと、色んな悪魔たちの未来を背負っているのだろう。

だが正直に言うと、そんな顔も名も知らない悪魔たちのために、俺は戦えない。

そうさ。俺だって、親天派だの反天派だの、そんなことはどうでもいい。

ただ俺は——エレミーを助けたいだけだ。

悪魔学校に入学した次の日。ここには、色んな思い出が詰まっています——そう口にしたエレミーの胸中を、今なら理解できる。

家族を失って、それでも魔界に帰ってきたエレミーの勇気を——俺は称えたい。

「——嵐よ」

激しい暴風が、周囲に拡散した。

まだ足りない。

あの荒々しい雷を丸ごと飲み込むには――もっと大きな嵐が必要だ。

「ぐ……ッ⁉」

心臓が痛みを訴える。

記憶にはない、しかしきっと経験したことがある感覚。

頭の中にもう一人の自分がいた。その自分は、今の俺とは比べ物にならないほど貫禄を滲ませており、二本の青い角は禍々しい力を纏っている。

魔王だ。そこにいるのは、魔王と化した俺だった。

この姿になれば、俺は魔王に相応しい力を得ることができる。

だが、きっと――後戻りできない。

頭の中にいる、魔王と化した俺は、酷く悲しそうな顔をしていた。それはきっと、俺が本当に求めている強さではないのだろう。

――一瞬だけでいい。

俺はただ、エレミーを助けたいだけだ。

だから、魔王になんかならなくてもいい。

今この瞬間だけ、誰よりも強い力を。

あのライガットを、倒す力を――。

「もっと――」

嵐は更に大きくなり、砂塵が舞った。

角と髪がそれぞれ伸びる。まるで、溢れ出した力が逃げ場を求めるように。

雷の化身となったライガットも、気づけば全く怖くない。

「……あ？　なんだ、俺の《炎帝馬》が……？」

暴風が広がると同時に、ウォレンの使い魔が霧散する。

「あ、あれ？　私の《魅了》が、勝手に解除されて……!?」

観客を誘導していたリリの能力も、解除される。

フランキス＝パイモン、アルケル＝ザガンの能力も、無効化された。

「もっと、広がれ――」

ヴィネ一族のレベル2、《掻き消す狂飆》の嵐が学校を飲み込み――更に大きくなる。

荒れ狂う雷が、風に触れたところから順に弾け散った。

「……マジかよ」

「こ、これが、ケイル様の力……」

ウォレンとリリが目を見開いて驚愕する。

嵐の規模は、最早、学校を飲み込む程度では留まらない。

その嵐は――。

「魔界を……飲み込んで…………………っ」

空を仰ぎ見ながら、エレミーは震えた声を発した。

その嵐は、魔界を丸ごと包み込んでいる。

「――《嵐世》」

全てを飲み込む大嵐。

この渦の中にいる者は、誰であろうと――魔王だろうと、能力を使えない。

ライガットが周囲に展開していた雷の宮殿も、次々と崩壊していった。

やがて――ライガットの身体を包んでいた雷も、掻き消される。

「こんな、ことが………」

雷の中から現れたライガットは、信じられないものを見るような目で、周囲を見渡した。

大嵐の内側は……とても静かで、穏やかだ。

「この嵐の中では、誰も力を使えない」

愕然とするライガットを睨みながら、俺は右の掌を開いた。

「――俺以外な」

ごう、と激しい音と共に、暴風の槍が顕現する。

この嵐の中は、俺の独壇場だ。

巨大な嵐の槍を見て、ライガットは弱々しい笑みを浮かべる。

見れば、その服は砂まみれで汚れており、身体も傷だらけで今にも倒れそうだった。

それでもライガットは、どこか清々しい表情を浮かべている。

ライガットは、ずっと――この瞬間を待っていたのかもしれない。

「……ライガット」

万策尽きて立ち止まる男に、俺は告げた。

「お望み通り――お前の弱さを、消し飛ばしてやる」

ヴィネ一族、最後の技。

嵐を凝縮した一本の大槍を、俺は――放った。

「――《嵐旋轟槍》」

嵐の槍が、ライガットに直撃する。

宙高く吹き飛ばされたライガットは、ドサリと音を立てて地面に落下した。

仰向けになって倒れたライガットに、ゆっくりと近づく。

「気分はどうだ？」

その問いに、ライガットは小さく笑った。

「呪縛から、解き放たれたようだ」

小さな声で、そう答えたライガットは、眩しそうな目で空を見つめた。

「……私の負けだ」

その言葉を聞くと同時に、麻痺していた疲労感が全身に広がった。

――勝った。

勝敗が決したことを自覚した瞬間、絶大な疲労感が全身にのし掛かった。

まるで鉛のプールに浸かっているかのような感触だ。身体が重すぎて、立っているだけでも精一杯である。

能力を維持できない。

俺は魔王になるのではなく、その力を一時的に借りる選択をした。だから、この疲労感はいわゆる時間切れというやつなのだろう。

周囲を覆っている《掻き消す狂飆》が強制的に解除される。

今の俺の実力では、《嵐世》を使った後、俺自身も暫く能力を使えない状態になるらしい。

レベル2は勿論、今の俺はそよ風ひとつ生み出せない状態だ。

エレミーに視線を送る。その合図に、彼女は無言で頷いた。

混乱していた観客たちが、再びグラウンドに戻って来る。ライガットの雷が消えたから気になって様子を見に来たのだろう。

その時──疾風の槍が、飛来した。

「ぐあぁッ!?」

悲鳴を上げたのは俺ではない。

目にも留まらぬ速さで飛来したその槍は、俺のすぐ傍にいた誰かを吹き飛ばした。

少し離れたところで、ぐにゃりと空間が歪む。

現れたのは──額から血を流す、ガシャスだった。

その手元には、抜き身のナイフが落ちている。

「出てくると、思いましたよ～」

観客たちがどよめく中、黒髪の少女がこちらに近づく。

エレミーは、冷たい瞳でガシャスを睨んだ。

「こ、小娘……ッ!?　何故、気づいた……ッ!?」

「たとえ姿を透明化しても、行動が読めていれば簡単に防げます。……ケイル様が、《掻き消す狂飆》を解除した瞬間を、狙っていたんですよね～?　バレバレですよ～、ガシャス様?」

エレミーが笑みを浮かべながら言う。しかしその目だけは全く笑っていなかった。

ガシャスはライガットの敗北を悟って、自らの手で俺を倒しに来たのだろう。そしてライガットの勝利を偽造するつもりだった。

こうなる可能性があることは、事前にエレミーから聞いていた。

だから俺は、驚かない。

このままエレミーの傍で――――結末を見届ける。

「さぁ、もう言い逃れはできませんよ～？　これだけの衆目がある中で、やらかしちゃったんですからね～」

「く、くそ……ッ！　まさか貴様ら、最初からこれを計画して……ッ⁉」

ご名答。

ライガットとの戦いに決着がついたら、ガシャスを誘い出すために敢えて隙を作ると決めていた。俺がこのタイミングで能力を使えなくなったのは計算外だが、結果的には狙い通り、ガシャスは衆目の中で本性を曝す羽目となった。

「一年間、正体を隠し続けた甲斐がありました」

エレミーがその手に風を集める。

吹き荒れる風が、彼女の髪を揺らした。二本の角から、パラパラと黒い塗料が剥がれ落ちる。

　エレミーの、本来の青い角が露わになった。

「青い、角……？　そうか……貴様、ヴィネ一族の……ッ!?」

　ガシャスが驚愕した。

「貴方に滅ぼされた一族の恨（うら）み――今、返します」

「ま、待て！　待ってくれ!!」

　後退（あとずさ）るガシャスに、エレミーは容赦（ようしゃ）なく掌を向けた。

「――《疾風槍（ドラグニル）》ッ!!」

「ぎゃああぁああぁぁああぁぁあぁあ――ッ!?」

　ガシャスの身体が、大きく吹き飛んだ。

エピローグ

ライガットとの戦いから、三日が経過した頃。

俺は、エレミーの眷属から元の人間に戻り——全ての記憶を取り戻した。

「その……今まで、本当に申し訳ございませんでした」

ヴィネ一族の屋敷にて。

記憶を取り戻した俺に対し、エレミーは深々と頭を下げた。

俺は、青い角が生えたその頭に——力強く拳骨を落とす。

「みょぎゃっ⁉」

「今ので許す」

「そ、そこはもうちょっと、手加減するところじゃないですか〜……?」

「手加減したら、エレミーの罪悪感も残るだろ」

そう言うと、エレミーは唇を引き結ぶ。

ふと、俺は自分の頭に触れた。

以前まで生えていた角が今はない。それが本来の姿ではあるが……今まで角が生えていたので、酷い違和感があった。

「しかし……お前、最悪のタイミングで俺から記憶を奪ったんだな」

「と、言いますと？」

「こっちは獣人王と戦って、くたくたの状態だったのに。あのタイミングで襲われるとは……流石に抵抗できなかった」

「ふふ～ん、そうだろうと思って狙いました！」

「もう一発殴るぞ」

「すみませんでした」

やっぱり少しだけでもいいから罪悪感は残した方がよかったかもしれない。

「では早く魔界の外へ出ましょう。今この魔界はケイル様の話題で持ちきりですから、下手に長居するとあっという間に囲まれてしまいますよ」

「……そんなに話題になっているのか？」

「そりゃあそうですよ。あのライガット＝バアルを倒したというのもありますが……それよりも、最後にケイル様が使った、あの技が目立ち過ぎました」

あの技というのは、魔界を飲み込んだ嵐のことだろう。

「あれ、本当に魔王も能力を使えなかったみたいですよ」

「え？」

「序列戦でのこととはいえ、急に正体不明の嵐が魔界を飲み込んだわけですからね～。魔王を筆頭に、あの嵐をどうにかできないか色々試していたみたいですが、誰も能力を発動できなくて相当焦ったみたいです。そんなわけですから、ケイル様は今、尊敬だけでなく危険視もされています。なにせケイル様は単身で、魔界にいる全ての悪魔を無力化してみせたんですから、当然ですね～」

成る程。

そう言われると……注目を浴びるのも当然な気がした。

「…………急いで出るか」

「はい」

クローゼットからフード付きの旅装束を取り出し、顔を隠してエレミーと外に出た。

魔界に人間がいると目立つ。加えて俺は、角を失っただけで顔は変わっていないので、この状態でも注目を浴びれば俺がケイル＝ヴィネだとバレてしまうかもしれない。だから顔を隠す必要があった。

「エレミー。ライガットとガシャスは、今、どうしているんだ？」

「どちらも捕まっていますよ。もっとも、黒幕がガシャスであることは明らかになりましたから、ライガット様はすぐに自由の身になると思います。最後の暴走に関しても、ケイル様が防いでくれたおかげで死傷者は出ていませんしね」

「……そうか」

そもそもライガットは、グノーシスを使わなくても強かったのだ。

ライガットが最後に見せた、清々しい笑みを思い出す。今のライガットなら、たとえどのような境遇になっても、再び返り咲くことができるだろう。

「……門まで、もう少しですね～」

「……そうだな」

お互い、つい声音が硬くなる。

今まで殆ど一緒にいたため、いざ別れるとなると……抵抗があった。

「エレミーは引き続き、悪魔学校に通うんだよな？」

「はい。ヴィネ一族の生き残りとして、立派な成果を残してきます。……ケイル様には、負けそうですけどね～」

「俺はエレミーの力で、序列一位になれたんだけどな」

本来の俺はただの人間で、大した力もない。

エレミーの眷属になったからこそ、ライガットに勝つことができたのだ。

「さあ……ここで、お別れですね」

「……ああ」

門の前に着いたところで、エレミーは足を止めた。

俺はここから一人で門を潜らねばならない。この先に、俺の帰る場所があるのだから。

「ほら、さっさと行ってください。それとも寂しいんですか～？」

「お前……最後までその調子か」

でも、その方がエレミーらしいかもしれない。

しんみりとした空気よりも、明るい空気を保ったまま、俺は門へ向かおうとした。

その時――。

「いやだぁ～!!　ケイル様～～～！　行かないで～～～～!!」

遠くから、誰かの泣き喚く声が聞こえる。

見れば、大粒の涙を流しながら髪を振り回す少女がいた。

「リリ……」

「ケイル様は私と結婚するのにぃぃ～～～！　どうして行っちゃうの～～～!!」

その様子に顔が引き攣る。

しんみりでも、明るいわけでもない、微妙な空気になってしまった。

そんな、今でも暴れ回りそうなリリを、アランが迷惑そうな顔で食い止めている。

「さっさと行け」

二人の傍で、面倒臭そうに佇んでいたウォレンが言った。

「後のことは全部任せろ。……これ以上、余所者の世話になってたまるか」

「……ああ、任せた」

ウォレンはアランから、俺が人間であることを聞いたようだった。

アラン曰く、飲み物を吹き出すほど驚いたそうだが……その光景を見られなかったことが悔やまれる。

改めて、門へ向かって歩き出す。

その前に……最後に一度だけ、俺は振り返った。

「エレミー」

「なんでしょうか～？」

エレミーはいつも通りの様子だった。

その、どこか人をからかっているような笑みに、俺は何度か救われた気がする。

「色々あったけど……なんだかんだ、一緒にいて楽しかったぞ」

返事には期待していない。

自分の思いを伝え、満足した俺は歩き出そうとしたが──。

「なんで、そんなこと言うんですか……」

エレミーは、先程までの明るい態度をなくし、顔を伏せて言った。

両手の拳を握り締めたエレミーは、全身をぷるぷると震わせながら──泣き叫ぶ。

「なんでそんなこと言うんですかっ！　ケイル様の馬鹿～ッ!!　うわぁ～～～ん!!」

まさか、あのエレミーが……これほど盛大に泣くとは思わなかった。

そのあまりの泣きっぷりに、思わず俺の方まで泣きそうになる。

歯を食いしばり、涙をぐっと堪えた。

ここで泣いてしまうと、本当にもう帰れない気がする。

「絶対に──絶対に！　会いに行きますからね!!」

エレミーが涙を流しながら言った。

その言葉に、俺は目尻に溜まった涙を指で拭い、笑ってみせる。

「ああ……待ってる」

俺の声は、震えていた。

もう振り返ってはならない。真っ直ぐ門の方へ向かう。

門の先に……見慣れた少女たちの姿が見えた。

あとがき

作家の坂石遊作です。この度は本書を手に取っていただきありがとうございます。

今回のあとがきは、４ページ（見開きだと2ページ）もあります！

僕にとってはわりと多めの文量です。なにせ自分は、昔から原稿のページ数を調整することが苦手でして……実は今までの作品では、大体ぎりぎり許容範囲という感じでした。なので、あとがきに１ページしか割けない時もありました。……はい、２巻の時がそれでしたね。別の作品でもやらかしてます（才女のお世話・ＨＪ文庫）。

冷静に考えたら、僕はＨＪ文庫で２作連続あとがきが1ページだったわけです。

皆さんは1ページのあとがきって見たことありますか？　僕は自分の作品以外で見たことありません。だって、１ページって……もう終わりますよ？　あと3行くらいしか書けません。はい、今あと2行になりました。今回のあとがきが1ページだったら、もう謝辞を挟む余裕すらないんです。そしてこの行で終わりです。お疲れ様でした。

……1ページってこんなに短かったんですね。

その点、今回は4ページもありますので大変余裕があります。

無駄に改行や空行を挟んでもへっちゃらです。

リーダビリティを意識しているだけですから、手抜きではありません。

――手抜きではありません。

正直、あとがきが得意ではない僕にとって4ページというのは中々持て余す文量です。

冷静に思い返せば、そもそも僕は新人賞に応募していた頃からページ数の調整が苦手でした。大体どのレーベルでもページ数には制限がありますが、僕の応募原稿はページ数の上限に到達するものばかりでした。

というか初稿はほぼ間違いなく上限を超えていましたので、頑張って削減して、ページ数上限の最後の一行まで使い切る……という形でよく応募していました。

応募原稿のページ数なんて、誰とも話し合いませんよね。

そもそも小説の新人賞に応募する人自体、社会全体で見れば少数派なわけですし……だから僕はつい最近、他の作家さんから話を聞いて、ようやく自分が少数派であることを自覚しました。……そっか、ページ数の上限って、普通は超えないものなんですね。

幸い、受賞作はページ数に余裕がありましたが、それ以降、またページ数の調整が下手になってしまいました。

ページ数の調整は、今後の課題ですね。上限を超過してしまうのは、それだけ詰め込みたいものが多いからだ……と解釈するのは、些か作家にとって都合のいい話で、印刷費などを考えると立派な改善点であることが分かります。

なお、あとがきは本編と違って、そこまで詰め込みたい話もありませんので、ページ数の調整は完璧です。

以上、突発的エッセイ「作家とページ数の話」でした。

本編とは微塵も関係ありません。

では最後に、本作の内容について触れていきます。

お気づきの方もいるかもしれませんが、本作の世界観は、現実の神話などをモチーフにすることもあります。例えば吸血鬼のミドルネーム『ツェペシュ」「バートリ」などは実在する吸血鬼の伝承を参考にしています。

そのため、３巻の悪魔編を書く際も、僕は悪魔に関することを調べたのですが、悪魔に関する伝承は多種多様あり、その能力や容姿にも大きな差がありました。

その特徴を自分なりに噛み砕き、作品に反映させた結果、「悪魔族は人間の次に多様性がある種族」という世界観が生まれました。なんだか深い意味があるような気がします。

悪魔の能力は、ソロモン72柱を参考にしています。それを知っていると、本作の悪魔たちの戦いがより面白く見えるかもしれません。

お楽しみいただければ幸いです。


【謝辞】

本作の執筆を進めるにあたり、編集部や校閲など、ご関係者の皆様には大変お世話になりました。刀彼方様、今回も素敵なイラストを作成して頂きありがとうございます。エレミーの小悪魔っぽい可愛さ、ライガットのカリスマ性のあるかっこよさ、それぞれとても魅力的でした。文章だけではどうにもならない、イラストならではの個性をキャラクターたちに与えていただき、ありがとうございます。

最後に、本書を手に取って頂いた皆様へ、最大級の感謝を。

HJ文庫 947 http://www.hobbyjapan.co.jp/hjbunko/

最弱無能が玉座へ至る3

～人間社会の落ちこぼれ、亜人の眷属になって成り上がる～

2021年8月1日　初版発行

著者——坂石遊作

発行者—松下大介
発行所—株式会社ホビージャパン

〒151-0053
東京都渋谷区代々木2-15-8
電話　03(5304)7604（編集）
　　　03(5304)9112（営業）

印刷所——大日本印刷株式会社

装丁——BELL'S／株式会社エストール

ISBN978-4-7986-2556-0　C0193

ファンレター、作品のご感想お待ちしております

〒151－0053　東京都渋谷区代々木2－15－8
(株)ホビージャパン HJ文庫編集部 気付
坂石遊作 先生／刀 彼方 先生

才女のお世話 1

高嶺の花だらけな名門校で、学院一のお嬢様（生活能力皆無）を陰ながらお世話することになりました

著者／坂石遊作
イラスト／みわべさくら

実はぐうたらなお嬢様と平凡男子の主従を越える系ラブコメ!?

此花雛子は才色兼備で頼れる完璧お嬢様。そんな彼女のお世話係を何故か普通の男子高校生・友成伊月がすることに。しかし、雛子の正体は生活能力皆無のぐうたら娘で、二人の時は伊月に全力で甘えてきて──ギャップ可愛いお嬢様と平凡男子のお世話から始まる甘々ラブコメ!!

果てない空をキミと飛びたい

雨の日にアイドルに傘を貸したら、二人きりでレッスンをすることになった

「──私に空の飛び方を教えてください」

少しだけ気軽に飛行機の操縦が出来るようになった世界。飛行機バカの一年生矢ヶ崎矧(しん)は、雨の日に傘を貸した縁で、美少女の涼名美月に飛行機の操縦を教えることになった。学園内での人気も高いアイドルと二人きりの教習が始まり……なにも起こらないはずがなく──!?

著者／榮 三一

イラスト／フライ

発行：株式会社ホビージャパン

ねえ、もういっそつき合っちゃう? 1

幼馴染の美少女に頼まれて、カモフラ彼氏はじめました

著者/叶田キズ
イラスト/塩かずのこ

幼馴染なら偽装カップルも楽勝!?

オタク男子・真園正市と、学校一の美少女・来海十色は腐れ縁の幼馴染。ある時、恋愛関係のトラブルに巻き込まれた十色に頼まれ、正市は彼氏役を演じることに。元々ずっと一緒にいるため、恋人のフリも簡単だと思った二人だが、それは想像以上に刺激的な日々の始まりで――

モブから始まる探索英雄譚 1

著者／海翔
イラスト／あるみっく

モブな男子高校生の成り上がり英雄譚！

貧弱ステータスのモブキャラである高校生・高木海斗は、日本に出現したダンジョンで、毎日スライムを狩り、せっせと小遣稼ぎをする探索者。ある日そんな彼の前に、見たこともない金色のスライムが現れる。困惑しつつも倒すと、サーバントカードと呼ばれる激レアアイテムが出現し……。